陌上花开 诗意朝阳

张琳梓 著

ZHANG LIN ZI

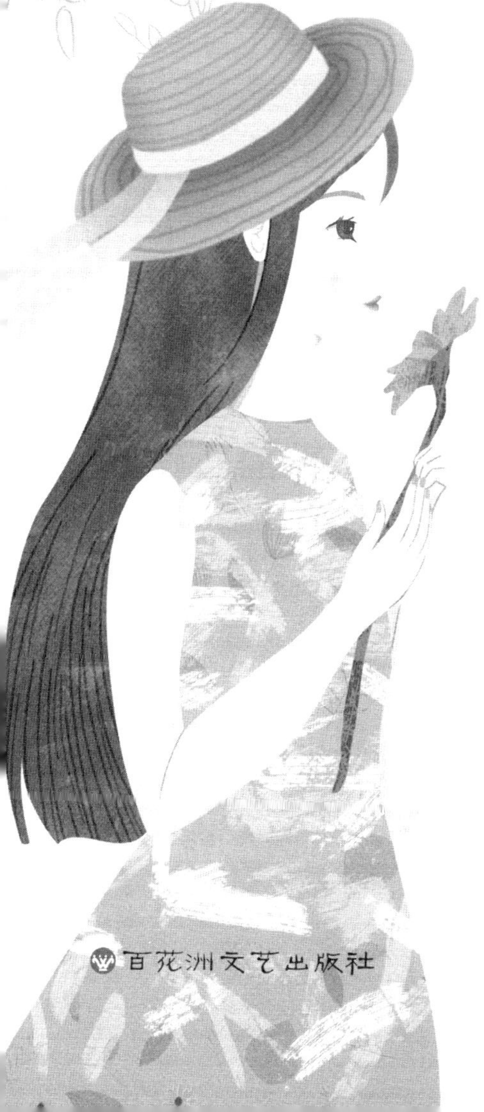

百花洲文艺出版社

图书在版编目（CIP）数据

陌上花开，诗意朝阳 / 张琳梓著. -- 南昌：百花
洲文艺出版社，2020.1
　ISBN 978-7-5500-3612-3

　Ⅰ.①陌… Ⅱ.①张… Ⅲ.①中国文学-当代文学-
作品综合集 Ⅳ.①I217.2

中国版本图书馆 CIP 数据核字（2020）第 003494 号

陌上花开，诗意朝阳　　张琳梓　著

责任编辑　杨　旭
特约编辑　张立云
装帧设计　潇湘悦读
出 版 者　百花洲文艺出版社
社　　址　南昌市红谷滩新区世贸路 898 号博能中心一期 A 座 20 楼
电　　话　0791-86895108（发行热线）0791-86894717（编辑热线）
邮　　编　330038
经　　销　全国新华书店
印　　刷　三河市嵩川印刷有限公司
开　　本　889 毫米×1194 毫米　　1/32
印　　张　8
版　　次　2020 年 8 月第 1 版第 1 次印刷
字　　数　160 千字
书　　号　ISBN 978-7-5500-3612-3
定　　价　49.00 元

赣版权登字　05-2020-7

网　　址　http://www.bhzwy.com
图书若有印装错误，影响阅读，可向承印厂联系调换

· 花样年华,锦绣文章 ·

彭兰玉

张琳梓同学今年 16 岁,是大家常说的"别人家的孩子",初见她,阳光清纯又不失端庄娴静。她出身于医学世家,父母工作繁重,顾及孩子成长的时间不多。所幸琳梓从小就是一个懂事自律、品学兼优的孩子。一直以来,她都是班长、团支书、课代表;学习成绩优异,名列前茅;对游泳、滑冰、跳绳、仰卧起坐等运动甚是热爱,而且屡屡获奖。在她母亲的朋友圈里还常能看到她弹钢琴,纤纤十指在琴键上翻飞出悦耳的纯净的声音。

活泼之外,琳梓同学十分好学;好学之外,成果不断,这本书就是她的成果之一。读了她的书稿,觉得有两点是中学生十分难得的品质表现。

第一,思维好习惯。16 岁正是如诗如梦的年龄,琳梓静得下心、吃得了苦、耐得住烦,与同龄人相比,她通过博览群书来充实自己。她读先古圣书,如《论语》《道德经》;读名人传记,如《中国历史名人传》《世界名人传》;读成功人士的书,如《洛克菲勒写给儿子的 38 封信》《哈佛家训》;读家风家教的书,如《梁启超家书》《曾国藩家书》《女四书》。更可贵的是,她勤于思辨,看过的书通常会写下自己的感悟和评价,且已经形成了一个书评小系列,既能够鞭挞自己,又惠及他人。

第二,文学好功底。除了书评和读后感,琳梓对于散文、诗歌等的创作也乐此不疲。《豁达让生活更美好》很是让我感动,作者因梦而产生了对死亡的思考,从害怕到与母亲探讨生命,再到最后的释怀,情真意切、笔触细腻,温馨、泰然与自信跃于纸上;《和妈妈一起睡》文笔生动幽默、情感厚重感人;《陌上花开,诗意朝阳》则文风飘逸、意境幽远,从描写四季的陌上花开,展开到诗意美景、朝阳胸怀,一气呵成、耐人寻味、引人深思,里面的"许是眷念了那起起落落的朝霞与垂暮,许是心存了那破土生发花开荼蘼的志向胸怀,她恬静安然,群艳不争,孤芳也自赏;她无畏前程,不念过往,陌上花开,诗意朝阳",既是意象烘托,又抒胸襟情怀。书中描写少女情怀的文章也甚是有趣,如《邂逅》《浅尝》,记述了小作者成长过程中懵懵懂懂的情感意识与自律自制,纯洁、可爱。写景的《水濂山》《游张家界之天门山》,对景物的描写远近错落有致、先后井然有序,让人读后萌生前往一游的强烈愿望。诗歌《那天阳光正好》《沁园春·祁东》或婉转怀亲，或昂扬抒意，收放自如，文学功底溢于笔尖，虽然个别字句有待斟酌，这也正是 16 岁这个年纪诗词中宝贵的地方。

这个花季女孩的作品文笔清新，雅中涵艳，动静相宜。她的锦绣文字汇成自己成长的涓涓溪流，给我们展现了纯真、纯情的美好，也传递了小家与大国的思考和情怀。"鹏程万里，未来可期；前途似锦，来日方长！"

2019 年 10 月　于岳麓山

（彭兰玉系湖南大学语言学教授、博士，汉语国际教育中心主任，国家级普通话水平测试员，教育部国家语委语言文字督导专家，国家汉办《国际汉语教师证书》考试主面试官，中央电视台"百家讲坛"主讲专家，湖南省第十三届人大常委会立法工作咨询专家。）

· 一张白纸上,有妙不可言的春天 ·

陈群洲

深秋。慵懒的太阳缓缓照着广袤的华北平原。雄安新区往西柏坡的高速路两旁,麦田泛着浅绿,青葱的树木和油画般隐隐约约的远山不停地在窗外闪过。此刻,我无暇欣赏这一路的美景,完全沉浸于一个孩子的文字世界。

如果不是事先对作者有所了解,我怎么都不可能相信,这些明媚而隽美的文字,这些晶莹的心之呢喃与灵魂闪电,这些扑面而来的美不胜收的春天……竟然会是一个十几岁孩子的手笔。

张琳梓,许多人尚且陌生的花季少女,除了有诗一样的名字,蓓蕾般璀璨的韶华,还有文字里的冰清玉洁、热烈奔放的激情,无处不在的向上向善和对锦绣未来的无限憧憬。跳跃的思维,清丽的文笔,与众不同的精神维度……这个不一样的女孩,给人的印象深刻而美好。

一篇千字短文,有人生恣意辽阔的万千景象。在我能够读到的她的作品中，《陌上花开，诗意朝阳》应该是比较有代表性的。"如火如荼的殷红唤醒了啼血的杜鹃，乡村田野，种子在苏醒，小草冒出了绿绿的尖；千树飘雪的梨花朵朵，万径婀娜的桃花妖艳。最是那，不知名的小花点缀在阡陌之上，屋后村前。"文笔洗练，干净从容，在四季花开中豪迈地打开世界。一种别样的大气，就这样驰骋于文字的雄浑和瑰丽之中。

《半夏浮生》是书中为数不多的几个短小说之一。有意思的是，它的主人公有一个特别的名字：半夏。故事发生在地震来临的那一刻，很典型化的短制，却有美好结局——"天空收容每一片云彩，不论其美丑，所以天空宽广无边；大地拥抱每一寸土地，无论贫瘠富饶，所以大地广袤无垠。"张琳梓文字里比比皆是这样的境像与哲思。她的东西虽然篇幅都不长，但每一篇都出人意料地给人收获、思考和启迪。可以说，同辈人中鲜有这样成熟的想法、奇异的视野和宏阔的襟怀。

弗洛伊德认为，文艺创作是被压抑的愿望的满足。无论是作家明确的创作动机，还是带有童年因子的潜意识，都支配着文本的诞生。在大器早成的才女中，张爱玲应该是最有代表性的一位了。她 12 岁起发表作品，文学创作起步则是 7 岁左右就开始的事情了，11 岁居然已经写出具有完整故事情节的小说并在同学中广为传阅。我无法预言，张琳梓有没有可能成为张爱玲那样名传天下的写手,甚至于是有可能超过张爱玲,但有一点是可以肯定的,也是有目共睹的,那就是事实已经证明她有足够的天赋,她对文字敏锐的把握力和表现力超乎寻常。

琼瑶也好,蒋方舟也罢,大凡早慧的作家,无一不是因为博览群书而插上了飞翔的翅膀。她们与众不同,是因为她们都有良好的阅读习惯,对事物始终保有渴望亲近的激情与好奇。很显然,张琳梓拥有数量巨大的词库。当很多这个年龄的孩子还在为写不出来而苦恼的时候,她已经得心应手、神采飞扬了。而这个,跟她平时的广泛阅读与潜心累积有关。她有超出同龄人的阅读量,她以小小年纪读傅雷、读曾国藩……她的文学储备告诉了我们她的这个秘密。可以说,正是大胆探险和对话精神世界里的这些人物,才极大地丰富了她和她刚刚开始的人生。

像作者本人一样,她笔下的文字优美而灵动,始终充满诗情画意。"隔着琴行的透明玻璃,我的目光再也没有离开过那个少年。""阳光透着玻璃照在他身上,柔软细腻地洒了一身明亮。他干净的头发柔软发亮,双眸轻闭,棱角分明,躯体随着音乐跌宕起伏,似乎痴迷陶醉在音乐的海洋。他十指修长,如灵活跳跃的精灵在洁白的钢琴键盘上翩翩起舞……"懵懵懂懂之中,这样《邂逅》美好的少年,无疑让人怦然心动,必将留在永远的记忆之中。纵然那一年,她才9岁,纯得如蓝天白云一般。

《浅尝》，以意想不到的角度考量少女对待初恋的矛盾与理性。她用很大篇幅写酸奶，对酸奶的偏好与害怕、向往与渴望，但情窦初开的她最终克制住了。酸，本来就有特定的意义。所有的铺垫都是为了一种表达：浅尝，辄止。一个热爱生活的少女，有许多成年人自愧不如的定力、情怀和难能可贵的高度。

除了散文，收进书中的诗歌、小说篇幅不多，但足以全方位彰显她的才华。这些议论、书评、观后感……更多的让我们看出她的思想与智慧、责任跟担当，一个近乎透明的童话里的孩子对于人生、未来的思考和关注。多题材的体验与多体裁的尝试，让我们在看到一个少女丰富内心的同时，也隐隐约约读出她未来宽广的文学之路。因为题材与体裁的多样性，我不太好给她的文字作简单的文学归类，至少是不好划得太过专业。但我们还是能够轻易找到这些文字的内在光芒，那就是流畅的文笔与宝贵的思想。

这是张琳梓的第一个文本。因为这些收入集子的作品时间跨度很长，涵盖了作者从小学到正在就读的高中、从童年到少年的成长阶段，文本的整体性与专一性于是略显参差，但这并不影响我们对一根势不可挡的好苗子的认同与期望。我们要说，琳梓小小年纪就拿出了自己的文本，可喜可贺。但是我们也不能违心地说，一个十几岁孩子的文章就已经好到无可挑剔了。因为她的天赋、兴趣与持久历练,她写出了令人看好的东西。相对于许多同龄人来说,她远远地走在了前面。她有非同寻常的潜质,未来不可估量,坚持下去,有可能成为十分优秀的作家。被誉为"结构现实主义大师"和拉美"文学大爆炸"主将之一的秘鲁作家马里奥·巴尔加斯·略萨,是2010年诺贝尔文学奖得主。在回答"作为一个作家,你认为自己最大的优点是什么?"时,他说:"我认为自己最大的优点就是持之以恒。我能够极其勤奋地工作,取得原先以为自己无法企及的成果。"是的,写作是一条路可以走到黑的深渊,需要毅力与坚韧。希望她能够坚持下去,早日收获属于自己的一份梦想与荣耀。

一夜之间,寒风暴雨带来了春天……作者的《把绿色之梦铺满青春的征途》一文,借景悟理,寓意深远。令人向往的春天,永远有蓬勃的生机与不可遏止的长势,没有一件美好的事物不是从春天开始的。

从准备给她写点东西的那一刻起,我就在思考,应该怎样来定位这个序。现在我终于明白了,一切都跟春天密不可分。春天的幻想,春天的绽放,春天的色彩……

是的,一张白纸上,有妙不可言的春天。

(陈群洲系中国作家协会会员,湖南省诗歌学会副会长,衡阳市作家协会主席。)

目录

· 序 ·

· 01 散 文 ·

· 02　小小说 ·

· 03　诗　歌 ·

‧ 04　书评及读后感 ‧

‧ 05　历年高考作文题练习 ‧

01

散

文

我与祖国共成长

蔚蓝的天空下,我第一次系着红领巾注视五星红旗冉冉升起。鲜艳的红领巾,耀眼的五星红旗,带给我的是心脏一次次更剧烈地跳动,热血澎湃的感觉我至今铭记。我幼年时最激动人心的梦想成真,莫过于那年成为一名少先队员,系着鲜艳的红领巾昂首阔步地从学弟学妹身边走过。

10年前,我6岁,当时在广东读书。

犹记得那年春节回家的情景——伴随着火车一声长鸣,本就喧闹嘈杂的车厢愈发人声鼎沸,过道迅速被堵得水泄不通,母亲嘱咐父亲拿好行李后,便紧张地用略带凉意的双手将我的手牢牢抓住。火车一到站,车上的人蜂拥而下,慌忙中母亲用瘦小的身躯将我护在怀中,她不断扭头对身边的人喊"别挤了别挤了",但声音很快被人潮淹没。母亲着急了,直接将我抱起,一瞬间我成了人群中最高的小孩之一,而目之所及,皆是焦虑涌动的人头。好不容易到了出站口,的士早已载满人而去,剩下的只有摩托车,以及车旁漫天的喊价还价声。凛冽寒风吹来,父亲脱下外套给我穿上,而他自己拉着行李的手早已是冻得通红……

再多回忆也留不住时光。日出日落,寒来暑往,10 年转瞬即逝。

"闺女,祁东站快到了。"母亲摸摸我的头,轻声提醒。

我还在细细琢磨着刚刚乘坐高铁的网上购票、身份证取票、刷脸进站等一系列流程,一种幸福之感充盈心间,嘴角也不由自主地带着上扬的弧度。

淅淅沥沥的小雨此时并不让人苦恼,因为宽敞明亮的高铁站能够为人遮风避雨。出站就能看到母亲下高铁时使用"滴滴打车"招来的出租车,打开车门,空调带来的凉爽气息迎面而来,拂去闷热,舒畅之余,我不禁又赞叹起生活的巨变。

"是啊,10年前做梦也想不到现在的生活啊!"司机听见我的感叹,点头附和。

捕捉到司机脸上的笑意,我突然发现,几乎每个人在聊起今天方便快捷的生活时,都会情不自禁地流露出满意与幸福。而我们如今的幸福,不正是来自于祖国的成长吗?从新中国成立初期的百废待兴,到如今国泰民安、人民衣食无忧,从第一颗原子弹试爆成功到嫦娥四号月球软着陆成功,从成渝铁路全线通车到港珠澳大桥建成开通,从改革开放到一带一路……小到支付方式的便捷化,大到政治、经济、科技、生态领域的伟大突破,白驹过隙间,祖国以更加巍峨的姿态傲立于东方。

在成长的不仅是祖国。彼时我只愿做一个无忧无虑的女孩,如今怀揣着"中国梦,我的梦"的至高理想;彼时我因戴上红领巾而深感自豪,如今我骄傲的不仅是成为一名共青团员,更有幸生为一名中国人,恰逢这样美好的时代——鹏程万里,未来可期。

浅尝

——

不喝酒不吸烟。喝酸奶，却冒着风险。

天生肠胃比较敏感，喝上一瓶酸奶，不出半小时，就会"一泻千里"。这样的我，却对酸奶着了迷，一瓶灌下去，神清气爽，不计后果。

爸爸妈妈知道我的肠胃问题，不会经常买酸奶，而且每次都要求我喝一点点。可阿笑会买，他只知道我喜欢喝酸奶，就总是请我喝。而我，面对他递来的"诱惑"，每每无法抗拒。

我对阿笑是有好感的。他人很好，脸上总是挂着纯纯的笑，很老实，也很细心，对我还不错。

"想什么呢？最近总是发呆。"爸爸不悦地拍拍我的肩，"叔叔阿姨问你话呢？喝什么饮料？"

"酸奶！"我脱口而出。

爸爸似乎早已料到，对饭桌前的叔叔阿姨们笑笑，打开一瓶52度的白酒，语重心长地说："有些东西，只适合浅尝。"

我撇撇嘴，看到爸爸投来的富有深意的目光，心里暗暗哼道，看什么看，不就喝个酸奶嘛。

果不其然，那晚又蹲了几次厕所，反反复复，翻江倒海，绞痛难忍，叫天天不应，叫地地不灵——当然我不敢跟父母说。

接下来的几天，我都顶着熊猫眼上学。

阿笑好像注意到了我精神状况不佳，递来一瓶酸奶，颇为关心地问："没事吧？这几天没休息好？来瓶酸奶压压惊？"

我接过酸奶，笑笑说："谢谢笑笑'妹妹'！"

他脸一红，小声道："不要这样叫我。"随即脸越来越红，眼神躲闪，不再与我对视，然后又不自在地干咳了几声，问："今晚有时间吗？"

见他这副窘态，我突然意识到了什么。也不知道什么原因，就是预感到了……阿笑想要——表白吗？一种从未有过的感觉占据了我的内心,像是期待,像是激动,抑或有点迷惘,有点不知所措。我们是同学,是好友,是学习上的对手加朋友,他会送我酸奶,我会送他棒棒糖。为避免尴尬,我常常笑他是我的姊妹,但我知道我们彼此心里都有好感,只是都从来不说。

"今晚下晚自习可以来学校操场吗?我有话对你说。"阿笑说完便大步离开了。他的耳朵如火烧云的烈焰一般,我似乎抓到了依据,也更加证实了刚才的猜测。随后,瞬间感到头有点晕,我伸手摸摸脸,烫得灼手,拍拍自己的脸,感觉到血才流回身体,察觉到心"怦怦"的毫无规律的剧烈跳动!

我不安、期待、害羞,又开始幻想。我看过玄幻小说,小说里的女主角往往十三四岁就名震四海,更重要的是,都会有一个不离不弃陪在她身边、对她说"执子之手,与子偕老"的早恋对象。这些千篇一律的桥段如罂粟一般的情节,此刻绽放着迷人的诱惑。

不知不觉中,我竟把阿笑给我的酸奶喝完了!我皱皱眉,想起了蹲厕所的场景,心里竟然涌出一丝后悔和害怕。不过,我很快又开始琢磨这个不平凡的夜晚我该怎么面对阿笑。

是时候了,时钟已经过去一个点,我还没有腹泻,难道好了?是因为阿笑吗?我无比欣喜!我利索地穿好鞋子,一只脚刚踏出门，就情不自禁爆了句平生难得说的粗口："靠！"

——比以往更剧烈的痛楚从腹部传来，波涛汹涌翻江倒海，紧接着全身像被毒蚁啃噬……我夺门而入，直冲卫生间，慌乱之中突然想起了那句话："有些东西，只适合浅尝"，以及父亲那有深意的眼神……

我终是没有去学校操场。如果去了，也许会发生像罗密欧和朱丽叶那样浪漫的故事，也许只是聊聊天什么也不会发生。但那又怎样呢？有些东西，只适合浅尝。

想通了，便一夜好眠。

第二天起来，我习惯性地倒杯冷水喝，突然想到了什么，只是轻轻地抿了一口便去倒温开水——有些东西，某些时候注定了只适合浅尝！

感 谢

一、这次换我离开你

记得刚从东莞转学回老家时，我便与朱子住在同一个小区里，一同上学，一同吃饭，一同玩耍。相对于一个对环境比较陌生，甚至连家乡话都听不太懂的我来说，朱子俨然就是姐姐一样。我很喜欢跟朱子一起讨论问题的感觉，这种学习氛围令人很享受。虽然有时她蛮不讲理，但她认真思考着题目的那种出神的样子真好看啊！每次和她争吵过后，我总是庆幸会再次委屈自己主动跟朱子道歉，然后两人会和好如初。尽管，我并不认为自己错了,只是感觉有点离不开她。

"我也不会,我们去问老师吧?"朱子突然抬头,眨眨眼睛调皮地看着我。

我并不在意她说了什么,只要是她说的,就好。她拉着我来到老师办公室,正好碰上英语老师在批改试卷。她凑上前仔细看了看,突然尖叫道:"啊,这道题原来应该这样来解答!"她的声音真的很尖锐,我的心剧烈跳动起来。

"是你,你误导了我!"朱子用她的手指,指向了我,那双平日里看起来洁白细腻如羊脂的手,此刻就如同魔爪,连同英语老师犀利的目光,一同向我射过来。"我本来写对了,是她误导了我。"她还在伶牙俐齿地同老师解释。我不语,愣了几秒后,只觉得有什么东西揪着心脏,好痛好痛。出门的一刹那,眼泪夺眶而出。朱子,原本我不知道你考试时抄了我的答案,考后讨论答案知道了以后,也选择了替你保密,可是为什么,你要在老师面前用如此的谎言指控我——是我要你抄的吗?我不解释是为了给你想要的面子,你永远不会读懂我眼中的不敢置信与失望。你彻底地失去了一个真心实意和你做朋友的人。

这段委曲求全的友谊啊——这次换我离开你,不会回头的。

二、你是药,是光芒

刚离开朱子的那段时间真的很难熬,我一个人吃早餐、一个人回家、一个人做以前两个人在一起做的事。看到朱子一如从前的潇洒、开心,除了心痛,我只能一遍遍地安慰自己:一个人也可以很好,很开心。于是,我尝试着自娱自乐,常常一个人走着走着就"呵呵"笑起来,有时又觉得自己像个傻子,笑过之后又捂着脸哭起来。

直到有一天,校团委安排各班团支书会议和工作时,隔壁班胖子同学的出现。

"胖子,你有没有听过一种名曰孤独的病,病症晚期得以自愈的人,不会再相信友谊。"

"不相信友谊? 那我们不是朋友吗? 你们班上还有那么多的同学,看起来都跟你这个支书蛮好的啊! "胖子爽朗的笑声真的俨然是一个老朋友。

"你不一样,你是药,是光芒。"

在那段浑浑噩噩的时间里,我既要尽快地适应新的环境,又要从对朱子的依赖中走出来,有幸能跟胖子同学一起度过也很不错。胖子唱歌很难听,可他喜欢唱,自我感觉还特别好,所以他一唱歌我就笑,我一笑他也就跟着笑。有时他会叫上几个同学来我们班玩,和我们一起讨论题目,大家各抒己见,畅所欲言,甚是开心。慢慢的,我跟班里的同学都熟络起来,大家都亲切地叫我"团支书"。我组织活动,跟大家都沟通配合得很好,很快就熟悉了班里的同学和学校里的部分同学,也开始慢慢地安心下来。

不久,团委活动结束,我也没什么机会跟胖子唠叨了,朱子在班里散布谣言说谁喜欢谁什么的。我都不在意,因为心存坦荡,又何惧人言!

随着学习任务越来越重,我们的教室也几度换动,后来几乎都没在学校里遇到胖子同学。但是,没关系,感谢他,还有同学们,我已经走出了阴影,看到了光芒。

三、成长的必经之路

伤心、迷惘、绝望、自愈、坚强,这应该是每个人成长的必经之路吧。

我又开始跟朱子打招呼,偶尔讨论问题,小小的赞美与祝福,亦或是虚伪,亦或是礼貌,都无所谓,我付之一笑。母亲曾说,做人要目标明确,心存高远,胸怀坦荡,不拘小节。我也明白:我来学校是读书的,读书才是我最大的目标和目的。我珍惜同学情谊,但并不是所有人都适合做朋友;因为朝夕相处,所以也不能如仇敌。坦荡相处吧,彼此关心彼此祝福,人生知己不在多,得一二者足矣。

因此,我要感谢你们——

感谢那些伤害过我的人,让我尝到了痛苦,懂得了自愈;感谢那些帮助过我的人,让我感受到温暖,看到了光芒;感谢这个成长的自我,学会了坚强,实践了处世的一些道理,不再迷惘。

豁达让生活更美好

"怎么可以这样?! 就这么、这么走了吗? "我跪下了。

"轰隆隆",电闪雷鸣,我跪在"母亲"坟头,周围全是垂头哭泣的人。

"走,你们都走,没有一个是真心的。滚啊! 滚! "我从地上捡起石头扔向他们,一个个白色丧服下穿着五颜六色盛装的人,虚伪的人,看起来伤心的人。然后,一个个,就真的走了,全部消失了。

我静静地跪着,就那样跪着,泪如雨下,天地之间,渺小孤寂且悲凉，痛彻心扉而绝望……

——妈，你说会陪我慢慢长大，我说要许您一世安宁。

我拾起一块锋利的石头，向头磕去……

"轰隆隆"，雷声震耳欲聋，却让我穿越般回到了床上。

深夜醒来，泪水成灾，窗外黝黑，雷雨阵阵——原来是噩梦一场。

辗转床上，我那么真实地活在现实里。母亲就住在隔壁的房间，我却还能感觉到那撕心裂肺的疼痛，久久不能从那种悲伤绝望的情感里走出来，那一切令人多么痛。夜来幽梦生死别，繁华事散逐香尘……

深吸一口气，我不禁沉思。倘若真的有那么一天，母亲真的离我而去，我还活得下去吗？我还有勇气活下去吗？不适病痛时的悉心照顾，日常生活的嘘寒问暖，纠结烦恼时的谆谆教导，车祸时将我紧紧抱在怀中的妈妈……倘若她真的离开了我……那是一件多么可怕、可怕到不敢想象的事啊！

往后的几天里，这个"倘若"如梦魇般在我身边萦绕，怎么也甩不掉。上课一向专心致志的我变得无精打采，分神发呆。每当我想专心听课或做题时，那些无比真实的画面一下子又浮现在我眼前，我又怎能安心学习？我想跟母亲诉说，又觉得如此可怕的梦怎么能启齿?

终于无法忍受,在一个漆黑的夜中,我冲进母亲的房间,爬到床上,蜷缩在妈妈的怀中,情不自禁地哭泣……

母亲温柔而有力地抱着我,抚摸着我的头,然后有节奏地轻拍着我的背,待我反应不那么激烈了,她问:"告诉妈妈,怎么了?"妈妈的声音有魔力似的,牵引着我紧绷的神经,开始放松、放松……我一五一十地告诉了母亲这一切。

语毕,是久久的寂然。也许妈妈也从未想过这个问题,也许她也不知怎样回答,也许她也很愕然,也许她正陷入一片思考当中……

良久,妈妈说:"宝宝,这只是一个梦,不要太担心。民间有句话说梦与现实是相反的,因此你不用害怕了。从科学的角度来看,梦是睡眠后大脑皮层的一种活动,入睡前后的外界刺激、潜意识的事物等都可能被编入梦境。你可能从来没有认识过死亡,因此我们今天可以讨论一下。"我一个劲的点头。妈妈顿了顿,问:"告诉我,妈妈会死吗?"当"死"这个字从妈妈口中吐出,我不禁颤抖,无言。"来,这个问题很残酷也很现实,但请勇敢地告诉妈妈,会吗?""会!"我咬咬牙,说出了不愿承认的事实。"我有办法永远不死吗?"母亲问。我脱口而出:"有!

但很快，又哽咽道："没有！""中华历史上下五千年，秦始皇嬴政，统六国，筑长城；汉武帝刘彻，败匈奴，扩汉土；唐太宗李世民，明太祖朱元璋，历史上唯一的女王武则天，伟大的领袖毛主席……他们造福黎民百姓，改变历史轨迹，一生丰功伟绩，名留青史，永垂千古，但是他们长生不死了没？""没有。""那你知道全世界平均每天出生多少人，死亡多少人吗？""不知道。""我来告诉你吧，全世界平均每天出生约 37 万人，死亡约 13 万人。也就是说，芸芸众生，每小时大约有五六千人死去。人是一种高级动物，其本质也不过是动物而已，你知道全世界每天有多少动物死掉不？""不知道。"我惊愕于这些事实和数字，这些从未思考过的问题，只能如实地回答不知道。母亲笑着说："我也不知道，没人统计，无法统计，也许应该用不计其数来描述吧。"我顿觉气氛轻松了许多。

母亲接着平静而认真地说："生老病死乃是自然界的规律，不可抗拒。我、大家、所有人都终将会死去，这是永远无法改变的事实。可以延年益寿，但不可能长生不死。这就是人类的命运。即使活到 100 岁，人生在世不也就是 36500 天吗？为什么要掰着手指数离开的日子呢？我们无法延长生命的长度，但是我们可以扩展生命的宽度，努力让生命绽放光芒……我这几十年,从未虚度过光阴,工作上兢兢业业、勤勤恳恳,帮助过很多病人,小有成绩;闲暇时间读书写文做家务,孝敬父母,服务社会,做义工义诊等;我和你爸爸还生育了你和弟弟,婚姻幸福,家庭美满,陪着你们成长,将来看着你们成家立业……生活原本多么美好。生命真的不在长短,在努力,在付出,在爱……哪怕有一天妈妈不在了,你们也要好好生活,珍惜自己,爱护自己,幸福而精彩;要勤劳向善,回馈社会,培育后代,子嗣绵延,那就是给妈妈最大的宽慰和回报……"母亲说了很多很多,一字一句深深地烙在我的心上,敲打着我幼稚的灵魂。

是啊,我不应该患得患失,忧心忡忡。我是那样爱母亲,就更应该好好珍惜和她在一起的时光,更应该深藏着对她的爱,好好读书,好好生活,将来让爱我的和我爱的人过得更好,以更优异的成绩、更杰出的贡献向祖国向社会交一份满意的答卷。我应该向前看!生活,总是要向前看的,努力而坚定。死亡,也许并不可怕。

倚在母亲的怀中,一夜无梦。

清早醒来,母亲已经去忙了。阳光从窗户缝隙里千丝万缕地照了进来,一切阴霾都随风而去,房间里豁然明亮,空气清新甜蜜,与美好的生活、美好的未来一样,令人向往。

豁达,让生活更美好!

师恩难忘

——

我终于意识到,在如风岁月里,那个自信骄傲的翩翩学霸已逝去,现在的我不过是绿叶衬红花罢了。

我最后的骄傲,就是放学后拿着成绩单大步流星地走出教室,无奈地撇嘴耸肩,故作洒脱。

只是,本来已清晰地告诉自己:"回家再想!马上回家!"但是,眼泪还是在出校门口的一瞬间夺眶而出,曾几何时,我是备受瞩目的班级第一,年级第一,怀揣着青春抱负美好憧憬,考进了本地最好的高中最好的火箭班。我以为只要努力,就会成为这里最耀眼的星。但是,我错了,在这里,聪明的人比比皆是,努力的人不计其数,优秀的人充斥着整个校园。似乎每个人都是头顶着光环进校来的, 高傲得像一只只竞相开屏的孔雀,在犹如赛场的学习道路上又像骐骥一般,斗志昂扬各自奔腾,志在必得心向桂冠……半个学期下来,我没有成为第一,连年级前五十名还差一步。更让我感到震惊的是,单科100分的总分,我的99分就排到了全市的单科260名!

任由泪水打湿衣衫,那个优秀骄傲的公主,那个以快乐学习、学习快乐为口号,一直被别人羡慕地称为"别人家的孩子"并有着伟大梦想的我,第一次感觉到无助和压力,第一次意识到竞争的强大和残酷,第一次感觉到现实与梦想的距离。是脱颖而出还是湮没在这芸芸众生里? 迷茫彷徨间,我能感觉到,那双曾经充满希望和阳光的眸子,顷刻黯淡无光。

这一次考试,成绩起落的人不在少数,故作潇洒也好,春风得意也罢,如鱼饮水,冷暖自知。而我,开始在凌晨惊醒,慌乱地穿衣下床,以为要迟到了;我开始在梦里梦到考试没考好被人笑话。我心不在焉地听着老师讲课,笔记本上留下潦草到我自己都辨认不出的字迹。只想着:字不再是那种字,人也不再是那个人了。那一天的数学课, 我不由自主地从口中叹出气来，笔从手中滑落。随意抬头，目光碰触到周老师那犀利逼人的目光，他正注视着我，那凌厉的目光，像要把人的脑袋看穿一样。我猛地低头，困窘不安，惭愧难当——本来就没考好，上课还不专心！老师肯定会狠狠批评我，从心底升起的凉意蔓延至指尖。

老师没有批评我，也没批评任何同学。晚自习上，周老师又开始语重心长地给同学们上"思想政治课"了："同学们啊，高中和初中是不一样的。初中的时候，周围的同学大多数还不怎么用功，你稍努力一些，就可以脱颖而出。但是高中不一样，课本的难度增加了，理解能力要求更强，基础还得扎实。你身边不乏比你更优秀的人，他们甚至比你更努力……我们的高考是要面对全国的考生，有多少更优秀更努力的人啊！"

"有些同学，还停留在初中阶段，无聊时看看小说，闲得慌又嗑嗑瓜子，看不进书就讲小话，最后还说要考十大名校。天下哪有这么好的事？又怎么正好是让你遇到？"

"还有些同学，因为考试没考好，暗自难过颓废，未来的路那么长，怎么可以在通往成功路上因为小小的绊脚石就一蹶不振了呢？"

这些话如雷贯耳，直击现状。虽然我还没有这么"恶劣"，但我真的足够努力了吗？我陷入了深思和自省。

　　夕阳洒落在走廊过道上,周老师叫我出来谈心。我知道在我们的高中班级里,老师们是很辛苦的,披星戴月,凌晨五点多起床监管我们早自习;万籁俱寂万家皆眠的时候,老师还在批改作业和修改教案。周老师是我们的班主任,在短短的半个学期里,对我们班所有的同学都进行了详细地摸底和了解,因为全班同学基本都是各个地方的优秀学生考上来的,对这一次期中考试的起伏跌宕,周老师特别关心,陆续在找同学们谈话,以便了解我们的心理动态。金灿灿的暮色映着老师棱角分明的脸庞,他的神情不再是平日里那种幽默中渗透着令人敬畏的威严。此刻的周老师,脸上洋溢着慈爱和温暖,言语里透露着信任和关怀,眼神中传达着支持和鼓励。那一刻,我似乎瞬间明白了古训中"一日为师,终身为父"的深沉,"十年树木,百年树人"的伟大。师恩如海,浩瀚绵延,滋养万物;师恩如山,巍峨崇高,令人敬畏。《师道》言:"人有三命,一为父母所生之命,二为师造之命,三为自立之命。父母生其身而师造其魂,而后自立其命。"父母给了我们肉体、物质需求及爱的养分,老师不辞劳苦地给我们传道授业解惑,我们就应该努力学习,为了自己的将来、梦想而努力拼搏,自立其命!

是的，人生漫长，这点挫折算什么？真英雄就当奋发图强，百折不挠！真英雄就当豪情壮志，为天地立心，为生民立命，为往圣继绝学，为万世开太平！真英雄就当过重重关卡，看盛世烟花，成王败寇，不负岁月，不负韶华！

"所以，你一定要继续努力，不放弃不妥协，勇往直前！"

"嗯，谢谢老师，我一定会努力的！"擦干脸颊的泪水，我坚定而充满信心！

师恩难忘！老师，是您传给我们人生真理和科学知识，是您坚定我们的宏伟理想和青春斗志，是您在平淡的日子里为学生们耗尽青春年华，是您在我们最困难最动摇的时候给予最坚强有力的支持后盾。

我们勇往直前，只因身后有你们！

记忆深处的中秋之夜

月华如水，婵娟淡淡地渗出清辉，弥漫在紫天鹅般的夜幕中，想到记忆深处的那个暖人的夜晚，我情不自禁地勾起了嘴角——中秋啊。

下晚自习的铃声响了，周围的同学们有说有笑地离开，我坐在教室里一动不动，感到无力、彷徨、失落和不知所措。中秋夜，妈妈早上说可能还要在医院里加班，爸爸昨天值班 24 小时，今天白天还有几台手术，这时候就算是回了家也应该在睡梦中。每个人都有自己的事情，很忙却在努力做到最好，至于我——看到桌上那张考砸了的试卷和一堆作业，脑海中所有对中秋美好的憧憬画面被我强行甩到了爪哇国。

中秋算什么，不就是中秋吗？过不过又怎样？

可是，中秋就是中秋啊，是家人开心团聚赏月的日子啊！

拖着沉重的步伐下楼，慢腾腾地走出学校大门口，黯淡的路灯下一对明亮而熟悉的身影——是我的父母，他们正朝我招手呢！

"爸爸！妈妈！"我大喊，飞奔向"光明"。

"宝贝，我们今晚去楼顶吃月饼、赏月吧！"

"我……我……"我无法言说心中那份惊喜突然照亮整个心房的感动，只能笑着忍住要涌出的泪水，问："爸爸不多休息下吗？妈妈不加班了吗？"

"宝贝，今天是中秋节啊！我们把能安排好的事情提前做好了。"妈妈牵起我的手，微凉的触感提醒我，我让忙碌疲惫的爸爸妈妈久等了。"太好了，走啊！"用力挽住爸爸妈妈的手臂，我真的不想放开。

楼顶上，花圃中的玫瑰花、紫罗兰、三角梅、小茶树茁壮成长，各自芬芳。微风阵阵吹来，我感觉无比的惬意。抬头望天，繁星点点，簇拥着那晶莹圆润的玉盘。明月犹如花瓣透明的天外仙花,溢散着浓郁的温暖,在漫无边际的夜色中扩散、扩散……所到之处遍洒温情和光明。

"宝贝,爸爸妈妈总是那么忙,没有很多时间陪你,你会怪我们吗?"

我抿着嘴,然后安静地、重重地点了点头。

妈妈看着我,眼中荡漾着温柔,说:"我们是医务工作者,选择了这个行业,就注定了责任和担当。你是爸妈的孩子,可能得不到一些孩子那样的照顾和宠爱,但是你会更早地明白责任和大爱。就如这些花草树木,他们没有在温室里被呵护,我们也没有太多的时间来照料他们,但是他们吸收着大自然的阳光雨露,一样努力成长,美丽芬芳。他们成就了自己,回馈了世界。还有这明月下的人世间,几家欢喜几家愁,当我们吃着月饼赏月聊天的时候,多少人还在被疾病折磨得痛苦不堪;当你坐在教室里吹着空调朗朗读书的时候,多少穷苦山区的孩子衣不遮体,食不饱腹……"

"叮咚叮咚叮咚咚……"手机又响了,我心已明了。看着妈妈略带犹豫的神情,我笑道:"妈妈,中秋节快乐!谢谢您,我也很快乐。您去忙吧,希望您的病人在您的照顾下,也能平安快乐!"

留下一个吻和一个深情的眼神,妈妈匆匆离去。爸爸忍不住打了个哈欠。我微笑着对爸爸说:"我们下楼去吧,爸爸您早点休息,晚安!"

回到自己的房间,毫无睡意的我平静而幸福地捧起了书本……

记忆深处的这个中秋之夜,让我懂得了爱与大爱,责任和担当。

明天以后

"砰砰砰！"

我躺在豪华双人间的床上,清晰听到了自己的心跳。这个假期,我将与爸爸妈妈和淘气包弟弟一起度过一段美好的时光。妈妈早早订好了高铁票,周五就到了长沙,并在手机上找好了值得一看的景点,由我——"财务总监"来规划游玩路线。好不容易才有时间一家人一起出游,我能不激动吗?! 我仿佛已经看见了明天微笑着向我招手,一家人沐浴着冬日暖阳,欣赏着湖光山色……

"爸爸妈妈,你们先睡,我要制定游玩计划,以确保这几天能充分利用!"我兴致勃勃,晚上十一点了还毫无睡意。

妈妈敲敲我的脑袋,说:"好吧,尽量早点睡哦。"我如小鸡啄米般拼命点头。

我不记得何时入睡的,但周六早上,我被一声声揪心的"痛"吵醒。

我揉揉双眼,映入眼帘的是爸爸妈妈忧心忡忡的模样,以及我那调皮淘气的弟弟满脸的泪水。

"怎么了?"我一惊,双拳不自觉握紧。

"弟弟发烧了,刚刚量了体温,40多度。"妈妈嗓音嘶哑,有点哽咽。

瞬间我的心在抽搐,突然又意识到什么,拿起昨晚又誊了一遍的游玩计划,激动地指着问爸妈:"那这个呢?这个怎么办?"

我想我当时的面目一定很狰狞,以至于爸爸妈妈只能一脸愧疚地看着我。良久,妈妈才开口:"我们带弟弟去医院打针。"声音很轻,却像铅球落入棉花堆,那般坚定。

我想闹腾,却终究什么都没说。但我能感受到心中的那抹不悦,想要拼命找什么来麻痹自己,似乎还有被愤怒掩盖的不明情绪在翻滚。

我不明白,为什么"幸福"这东西一点都不符合牛顿第一定律,总是在滑行得最顺畅时戛然而止。

来到医院后,我打开手机玩游戏,不再过问弟弟的事。心中多有不甘,明天或许也要在医院陪着这个"倒霉蛋"弟弟,真烦人！可更令我心烦的是,我竟总不由自主地去瞟弟弟,有时一盯就是好一会儿。我也想强迫自己投入游戏,以宣泄愤怒,但我无法控制自己,莫名心烦、焦虑,甚至不安地站起来看看他们到底怎么样了。在看到弟弟不再活蹦乱跳,而是静静地躺在妈妈怀里,眼神迷离,无比痛苦时,我不得不承认,我的心也痛了。

曾几何时,我也在意起家人的病痛呢？

"宝贝,"妈妈看看时间——已经晚上六点半了,"对不起,真的很对不起,妈妈真的很愧疚,明明带你们出来玩,却变成现在这个样子,在医院待了一整天……"

我强按捺下心里的忧伤,不想让妈妈再自责,扯了扯自己的衣服,爽朗一笑:"没有啊！这儿信号很好,上网很方便！"

妈妈只是摇头。她让爸爸带我去看音乐喷泉,我使劲摇头,抓住了妈妈的衣服。我不愿意,真的不愿意,这个时候,在妈妈忍住流泪的时候，我认为我必须留下来，哪怕什么都做不了，也要陪伴在侧。

我终究敌不过妈妈内心的愧疚，在爸爸的陪同下，来到梅溪湖看音乐喷泉。为数不多的树叶儿沙沙作响，如诉如泣，我的心也似那风中起舞的落叶，飘飘忽忽，晃晃悠悠。心中有事，原来是这么一种感觉。我想起弟弟的出生地广东，那里四季如春，仿佛一切充满了生机，唯一不开心的人是我。因为整个冬天，腻在妈妈身边的人变成了弟弟。所以，我嫉妒他，常在爸爸妈妈上班时欺负他。不知从何时起，我以为自己内心深处有多么讨厌他，但他却在慢慢改变着我的情绪。也不知何时，我学会了分享和给予爱……原来生活中总有人来教我成长，虽然不是所有的代价我都甘愿承受——比如他病了，我才发现，原来我爱了。

停留了半个小时，我真的看不下去了，那悠扬的音乐、斑斓的色彩远不及我弟弟清脆的笑声好听，不及他天真的双眸好看。我们草草离去，快速赶回医院。

弟弟打完针尸经是周日零时左右了，看到他渐渐恢复正常的脸色，不再那么灼人的体温，我整个人都放松下来，如释重负，也不自觉笑了起来——弟弟睡着的模样真的很好看。

我曾经一直以为,有了你我便少了一份爱,其实一回首便发现,尽管在初冬遇见你,却斑斓了我的整个四季。

来到长沙,我以为我是迎着暖阳,与家人漫步,一起享受美好时光的,可不曾想在医院里度过了漫长的一天;弟弟生病,我以为我会郁闷愤怒地借手机宣泄自己的情绪,结果却是心甘情愿地陪伴在爸爸妈妈和弟弟身边,看着弟弟安静的睡颜……我想明白了,我们还有很多很多个明天,但我只有一个弟弟啊。

不管明天以后是艳阳高照,还是风雨交加,是春暖花开,还是滴水成冰,我明白,变换的是天气,不变的是陪伴。

我爱你们,曾经,当下,明天,以后。

寒门再难，也能出贵子

我总是听到有人说："没有关系，没有钱，没有背景的人，很难出人头地。"一篇《寒门再难出贵子》的文章更是让人心寒了大半。只是深思之后，我认为，寒门再难，也能出贵子。

《寒门再难出贵子》一文中"贵了"一说，是否定论尚早？孔子曰："三十而立。"我以为，这个立，立的则是个人。从这个角度出发，在古代，三十才算立，那么为什么在更加先进的现代，就可以对一些一二十来岁家境清贫却正值青春、满腔热血而奋斗中的青少年说出"寒门，再难出贵子"这样的话呢？我认为,这个定论下的为时尚早。

何为寒门,何为贵子?

自古寒门多壮志:车胤和孙康的囊萤映雪,匡衡的凿壁偷光,范仲淹的断齑划粥……这些寒门子弟,通过自己不断的努力,最后都有所成就,他们逆袭成大家、贵子的例子流芳千古。观历史,我以为,寒门再难,一样出贵子。当然,人们关心的话题是:自古寒门多少户? 贵子出了多少个?

人们眼中的贵子往往是位高权重,在朝廷上占有一席之地的人。如果寒门即是清贫之家,那么贵子当然是指的丞相太尉、高官权贵。显然,这样的定义是很偏颇的。在一般百姓的眼里,孩子能"鲤鱼跳龙门"就是贵子。出生寒门的 2017 年沧州市理科状元庞众望,虽然家境贫寒,父母亲都身患疾病,但他乐观向上,在扛起一个家的同时,发奋苦读成为了那年高考中的佼佼者。这种贫苦环境中长大的孩子,一样有发愤图强的强烈意愿和敢于拼搏的奋斗精神。其实,很多高考状元,就出自寒门。无比励志的他们,是我们学习的榜样。

寒门,字面上指的是贫寒的家庭。不可否认,家庭条件、经济状况对一个人的发展有很大的关系。出身贫寒家庭的孩子,需要做许多我们一般的中学生一辈子都可能不会去做或不愿意做的事情，这些事情会使一部分的寒门学子自卑，失去希望，但也能够成就那些适应环境、不断磨砺自己的人。

何为寒门？我认为寒门可以分为两种：一种是物质上的家境贫穷，一种则是思想精神上的贫乏空虚。倘若只是物质上的贫穷，只要人舍得努力刻苦，不抛弃，不放弃，生活一定会有所起色。若是精神上的无依空乏，那成为"贵子"的路便遥遥无期了。这样的人才是真正的寒门。何为贵子？人们往往认为家庭富裕、达官显贵即是贵子的标准。我以为，一个人能成为贵子，关键在于他对社会的贡献有多大，能给社会创造多少价值。毛主席在《纪念白求恩》一文中写道："我们大家要学习他毫无自私自利之心的精神。从这点出发，就可以变为有利于人民的人。一个人能力有大小，但只要有这点精神，就是一个高尚的人，一个纯粹的人，一个有道德的人，一个脱离了低级趣味的人，一个有益于人民的人。"反观现在有些人做黑心生意，坑骗老百姓钱财而发家致富，有些人滥用职权去牟取私利，这样的人能算贵子吗？一个个不求回报，利用假期做志愿者、帮助别人的新时代新青年，就不算贵子了吗？习近平总书记曾说："新时代属于每一个人，每一个人都是新时代的见证者、开创者、建设者。人人行动、人人担当、人人尽力，形成竞相奋斗、团结奋斗的生动局面,聚合 13 亿多中国人民的磅礴之力,就一定能创造新时代中国特色社会主义的新辉煌!"由此可见,我们每个人,不论职位高低,权力大小,财富多少,只要有一颗爱国爱民的心,都去尽力为实现祖国繁荣强大做出自己的贡献,就都是对社会有用的人,就都是贵子。所以依我所见,寒门不寒,一样可以出贵子。

胡适说:"这个世界乱纷纷,先把自己铸炼成器。"面对先天条件的不足,只有我们胸怀大志,不甘落后,不断充实完善自己,将自己铸炼成器,才能脱离寒门,成为对社会有用的人,成为一名真正的贵子。

陌上花开，诗意朝阳

一花一世界，一叶一乾坤。

阡陌交通如锦绣，千年土地八百主。春华秋实间时光荏苒，有道是：年年岁岁花相似，岁岁年年人不同。于是乎，陌上花开，最爱那份倾其所有的唯美，那份生生不息的绵长，还有那份诗意朝阳。

木棉花开，春日已来。那如火如荼的殷红唤醒了啼血的杜鹃，乡村田野，种子在苏醒，小草冒出了绿绿的尖；千树飘雪的梨花朵朵，万径婀娜的桃花妖艳；最是那，不知名的小花点缀在阡陌之上,屋后村前。嫩如婴儿肌肤,白如冬日扑雪,红如少女粉黛,五彩斑斓,缤纷烂漫,引蜂飞蝶舞,风光无限。

深绿的夏至,太阳花最是热烈。它们形状大小各异,色彩深深浅浅,迎着太阳书写他们最热烈的诗篇。晨雾夜露,生发舒展,用拼尽全力的美艳,尽情抒发爱的胸怀。这爱,无关世俗,无关风月,只因它向阳而生,便将一生所有无悔无求地敬献给阳光。也许,阳光都不曾为它停留;也许,阳光也从不赞叹。朝阳而开,是陌上花毕生的追求,径自诗意芳华,无需阳光的在意与释怀。

鸿雁南飞,橘黄点点,朵朵野菊在金秋里竞相开放。没有园菊的雍容华贵,婀娜璀璨,陌上野菊独立秋风,不向世人邀宠,不与百花争艳,耐得住盛世寂寞,守得住清幽长远。

在南方的陌上,花团锦簇的格桑从春开到了冬。"墙角数枝梅,凌寒独自开",那探出墙外的一枝,暗香扑鼻而来,引得文人墨客,才子佳人诗词篇篇,浮想翩翩。

逝水流年,花开花落,茶沉茶浮间,有诗意朝阳。

若陌上花的种子无"大鹏一日同风起,扶摇直上九万里"的志向,怎会有田野里阡陌上的挣扎,破土朝阳的壮观无畏?陌上花,它渺小平凡,沧海一粟,花繁莺乱啼,花开春尽时,花枝渐减秋月寒,独抱余芳道旁死。纵使如此,倘若一颗种子连花开都不曾期望,等待她的注定是泥土里漫长的漆黑和生命的湮没。

倘若没有"陌上花开,可缓缓归矣"的吴王贵妃,没有"君子世无双,陌上人如玉"的阡陌相逢,没有痴迷陶醉的凡男俗女驻足流连,那漫山遍野的姹紫嫣红,岁岁年年,花开也寂寞,风情也苍白。然而,陌上花,何离离,她栉风沐雨,得阳光雨露之滋润,展沧桑年华之艳丽,许是眷念了那起起落落的朝霞与垂暮,许是心存了那破土生发花开荼蘼的志向胸怀;她恬静安然,群艳不争,孤芳也自赏;她无畏前程,不念过往,陌上花开,诗意朝阳。

适合的才是最好的

世世代代生活在伏尔加河最深处的米罗虾们,他们也曾对外面的世界充满了幻想,羡慕那传说中美好的阳光。当那只好奇而勇敢的米罗虾终于游到浅水区,感慨阳光温暖垂柳依依的美好时,感慨深水区的生活太委屈自己时,却猝不及防地昏睡过去。它是一只敢于冒险未知、敢于追求梦想的虾子,他用自己的生死悲歌向人们展示了一个道理:适合的才是最好的。

是的,适合的才是最好的。适合内在本身、适合当下环境、适合发展规律和趋势的才是最好的属于自己的生活方式。

人的一生，是凡尘世俗的一生，大多数都离不开约束和困扰，却又要努力寻找适合内在本身的生活方式。被认定为转世灵童的仓央嘉措寻觅着不负如来不负卿的双全之法；注定是庙堂权臣的纳兰容若，却常怀远离高门广厦、淡泊离世的深情。他们的人生何其孤寂，命运何其多舛。但他们在灵魂与凡尘的苦苦挣扎中，肉体受困于世间种种束缚，却找到了适合内在本身的释放灵魂和情感的方式，写下了一首首深入骨髓、流传千古的诗歌。"采菊东篱下"的陶渊明，本为东晋大司马之后，年轻时也有"大济于苍生"的志向，可是在国家濒临崩溃的动乱年月里，他的一腔抱负根本无法实现。他性格耿直，清明廉正，不愿卑躬屈膝攀附权贵，"不为五斗米折腰"，过着时隐时仕的生活，在当了八十多天彭泽县令之后，他弃职而去，永远脱离了官场，从此过上了归隐的田园生活。他的晚年是贫困的，但他却获得了心灵的自由。他被称为"古今隐逸诗人之宗"，给后世留下了皇皇巨著《陶渊明集》。

物竞天择适者生存，适合当下环境才是最好的。变色龙因为随着环境而改变颜色，最好地保护了自己，因此成为适应能力极强的动物；夏天羽毛灰褐色的雷鸟到了冬天就换成白色的羽毛，就是为了在下雪的冬季很好地隐藏自己不受天敌的攻击；沙漠里的仙人掌茎部粗壮，肉质丰厚，储水丰富，叶子退化成针形而减少光合作用，根系却非常庞大，这些特征就是为了能够很好的在干旱之地生长。假如变色龙有一天不想变色了，雷鸟在皑皑雪地上摇摆着褐色或彩色的羽毛，估计很快就会成为其他动物的饱腹之物。假如沙漠里的仙人掌偏偏要枝繁叶茂，估计不出几天就会枯萎。生物的生长需要适合的环境，人的发展和作为也是如此。鲁迅先生原本留学日本仙台医科学校，面对当时国家动乱的局势，以及麻木冷血的部分国人，他毅然决定要做迷途灵魂的指路明灯，选择了弃医从文。"不在沉默中爆发，就在沉默中灭亡"，他以笔为剑，犀利地抨击当时的时局，唤起了多少彷徨的灵魂，即便是今日，那些文字依然撼人心魄。朱德将军早年在国民党队伍中追随蔡锷，也曾战功赫赫，但他审时度势，弃暗投明，在中国共产党的领导下成就一生的辉煌，成为"开国十大元帅"之一。因此，时局造英雄，适合当下环境时局的才是最好的。

万事万物的发展都有其规律和趋势。课本文章《伤仲永》中的方仲永从小天资聪颖，可他的父亲认为有利可图，四处张扬敛财，在他接受教育的最好年龄没有给他正规的教育，最终使之成为了一个凡人。新中国成立之初,国家一穷二白,最终我们找到了适合时局、适合发展规律和趋势的"中国特色社会主义道路";改革开放,中国以全新姿态拥抱世界;加入世贸,中国与世界经济日益紧密;一带一路如双翼扶摇,珠港澳大桥拔地而起,京津冀一体化全面推进……适合的发展之路,让中国以更雄伟的姿态傲立于东方之巅。

如米罗虾拥抱深海,如雄鹰翱翔苍穹,如英雄应时而生,如祖国蓬勃发展,这世间万事万物,均要适合内在本身,适合当下环境,适合发展规律和趋势,适合的才是最好的!

从未走远

"我就是喜欢嘛!"我对外婆撒娇。

"可是你已经长大了,家里有很多布娃娃了!"外婆坚决地摇头。

"那有什么关系? 我就是喜欢!"我佯装生气。

"这娃娃这么大,比你还高,你肯定抱不动,弄脏了不卫生。下次等你妈妈回来了再说吧。"外婆无奈地摇头并说道,"外婆也没钱了。"

没钱? 我一听就怒了,大吼道:"你昨天还给辰辰妹妹买了个大娃娃! 不就是因为她是你亲孙女,我是外孙女吗? 我再也不想看到你,我要我妈妈!"

"偏心! 偏心! 偏心!"我拔腿就往前跑,明明是春和日丽,凉爽的风却像锋利的刀，割着我冰凉的脸生痛，痛到心底，一点点吞噬着我高傲又卑微的心。以前我是外婆手心里的宝，自从舅舅生了妹妹，外婆对我就没有以前那么好了……

春天原来是灰色的啊！像牢笼一样，一种无形的力量把外婆和我禁锢在不同的世界里，寂寞更像一首无情的歌，无孔不入，直击我幼小的心灵。

我漫无目的地在街上走着，不远处传来阵阵嘈杂。喔？是一个幼儿园。在穿着花花绿绿的年轻人中，我一眼就瞄到了那个干练和蔼的老婆婆，像极了几年前的我的外婆。

我看见她面带微笑地牵着可爱的小女孩走进了幼儿园。我情不自禁地跟了进去，竖起耳朵听着她们的谈话："羊羊乖，自己进教室，奶奶下午就来学校接你，好不好？"触动我心弦的是小女孩依依不舍却又乖巧得让人怜爱的含泪点头，还有老奶奶那一声亲切的"羊羊"。"羊羊"也是我的小名。曾几何时，外婆也是这样轻声细语叫我"羊羊"的。在老家读幼儿园的那　年，无论艳阳高照还是雷电风雨，外婆不是牵着我，就是背着我上学。我每每进了教室，总感觉那怜爱的目光和熟悉的身影，在某个门后的缝隙或是某个窗户外，久久停留并未离开。我的心渐渐平静下来，重拾笑容。我知道外婆一直跟在我的身后，从未走远……我用手擦擦眼泪——儿时的画面,我能记得的并不是那么多,但这模糊又异常清晰的温暖,屡屡打动着我。

果然不出我所料,这位看起来干练的老奶奶,在犹豫了片刻之后,大步流星地走到教室后门,小心翼翼地躲在门后,从门缝里关爱地看着小女孩,嘴角荡漾着无比幸福的笑。

我快步跑出幼儿园,喃喃自语道:"我的外婆才不会抛下我……"

"外婆!"我看见外婆抱着我开始看中的那个大布娃娃,焦急地一边跑一边用目光四处寻找着我。身材娇小的她步履已有些蹒跚,大布娃娃挡住了她前行的部分视线,地上一块石头让她差点摔倒,但她顾不上那么多,一路追赶。目光看到我的刹那,外婆脸上焦急的表情瞬间灿烂无比。显然,外婆是爱我的。我看见她的脸庞因赶路而通红,真是美丽极了。我再也按捺不住,飞奔过去,紧紧地抱住她,愧疚又任性地在她衣服上擦着眼泪。外婆忙给我递过来纸巾。

我释怀地放开外婆,说:"外婆,我知道你是爱我的,我不买布娃娃了。"外婆把布娃娃塞进我怀中,说:"已经买了,我羊羊喜欢就好。"

我相信:外婆不会走远。爱,从未走远。

登水濂山记

———

今天是什么季节？

广东的天气，一贯是这样的：初秋季节，一件短袖足矣。

"妈妈，这里就是水濂山吗？"

"是啊！"妈妈微笑着回答。她背着登山小包，一手牵着我的小手，一手拿着我最喜欢的香香小风车，和我一路前进。

走过的路，温暖留香。

来到山脚下，林间秋风习习，花鸟袅绕，泥土芬芳，沁人心脾。风车享受着温柔舒适的微风，彩色叶瓣忘形地转动起来。

好奇的我左瞅瞅右瞧瞧。首先映入眼帘的是高大的古式三大门,正中间的大门牌上写着"水濂山森林公园"七个大字,旁边是一棵苍老的古树,古树下一位慈祥的母亲眯着眼睛,享受着阳光和微风,她的腿上静静地躺着一个小女孩,熙熙攘攘的人群,无论怎样的热闹喧哗,都不曾打扰到这位母亲和安详入睡的女孩,仿佛天地之间,她们母女和古树另成一个岁月静好的世界。妈妈像是察觉到我的分神,顺着我的视线看到了如此安宁的画面,她微微一笑,如秋花般灿烂,说:"宝宝,再不走,等正午太阳大了,我们也得像那母女般找棵古树坐下休息了。"

于是,继续向前。一路上,我见到了路旁一些不知名的小野花,早开的小秋菊,还有阵阵飘香的桂花。最吸引我的还是那些千姿百态的树木,他们有的像美人凝望,有的像老人执杖,有的像童子弯腰,有的像士兵站岗……树木枝繁叶茂,阳光透过层层枝叶投射出千丝万缕的光芒,张开双手,竟能捧在手心,储存到心里。

"哗啦啦……"先是细小的水流声,然后声音越来越大,犹如在山的深处下起倾盆大雨。我迫不及待往前奔跑,走过水泥大路,穿过丛林,迎面看到石阶,拾级而上,拨开路边的树叶,看到清澈的泉水流过旁边小溪里的石头,石面上有翠绿干净的青苔。泉水流到一处洼地汇成一个小潭,水流不急不慢,几个黑色小不点在潭水中嬉戏游动, 许是小蝌蚪或是我认不出的小鱼吧,让人情不自禁地感到十分舒畅。

"哗啦啦……"声音由远及近,我不由加快了步伐。"宝宝,歇会吧,你们小朋友就是精力好,我都爬不动了。"母亲打趣道。我却慌了神,一个劲地说着"没有啦,没有啦",快步走到母亲身边,陪她在路旁的石头上坐下。母亲笑了笑,似是感慨又似是欣慰,片刻,又和我一同前行。

远远地就看到了一座乳白色的小亭, 似乎还被染上了绿色, 周边云雾弥漫, 朦胧虚幻犹如仙境。母亲说:"到半山腰了。"来到半山腰的凉亭,我被眼前壮观的瀑布惊呆了!高十余丈的瀑布,从山巅之间倾泻而下,形如水帘,隐约可见后面的巨石上雕刻着莫大的赤字"水濂洞天",水流如注如丝如珠,奔放中不失斯文,温婉中又见粗犷,半腰上碰撞分流萦绕雾漫如烟,落下时亲吻潭水激起浪花万千……母亲说,水濂山相传彭公在此修道,旧称彭峒山,方圆十余里,山冈连绵,岩石嶙峋,瀑布四时不绝,藤萝横垂峭壁,流泉淙淙峥峥,草木阴翳茂盛,是东莞市的五大森林公园之一呢。我们和很多爬山的行人一样,戏水,拍照,陶醉其中。

半晌，母亲叫我继续前行，目标是登顶。一路向上，树木更加茂密，偶尔传来鸟儿清脆的叫声，还能听到众鸟齐鸣或看到众鸟齐飞，有如大合唱和群舞演出一般。来到山顶，近处的灌木耸立，远处的山峦叠翠，市区大部分建筑尽收眼底，我开始寻找我们自己的小区和家。累了，我们就在山顶的八角亭水帘阁里坐下休息，母亲从登山包里拿出零食和温开水，我们开心地吃了起来，吃完我便靠在母亲身上，迷迷糊糊地睡起来，似乎看到母亲手里的风车，开心地转啊转。

有什么轻盈柔软的东西在我鼻尖上打了个圈，睁开双眼，看到母亲细长温柔的手缩了回去。此刻，艳阳高照，万里无云，该是中午正热的时候了。

走吧走吧，我们沿着下山石阶，拾级而下，开开心心地回家了。

谈人生的准则

德有多高,行有多远,每个人的一生都有自己的准则,或以此为底线,或以此为追求。透过人生的准则这颗水晶球,似乎可以折射出人们的未来。明道德以固本,重修养以安魂,知廉耻以静心,去贪欲以守节——美好的人生准则犹如人生灯塔,即使在漆黑的夜里,也光彩夺目,熠熠生辉。

把自律作为人生准则的人,将无愧于内心并得到尊重。宋元学者许衡,他行路时口渴难忍又恰遇梨树,即使众人皆围树而摘梨,他却依然选择了自我约束,只是正色地说:"此非吾梨,岂能乱摘?梨虽无主,吾心有主。"时人笑他迂腐,而今人赞美他自律的德行。自律是一种高贵的信仰,灵魂的觉悟,它使人从容而淡定,内心无愧而强大,生活淡泊而快乐。正是因为许衡将自律作为人生的准则,他无愧于自己的内心,并得到了人们的敬重。

把宽厚作为人生准则的人,经历忍耐从而达到自我豁达的境界。沈从文刚任职联大教授时,著名学者刘文典公开侮辱、瞧不起他。沈从文没有反驳,他只是忍耐并静心钻研,奋力提升自己的能力。他曾说:"征服自己的一切弱点,正是一个人伟大的开始。"功夫不负有心人。成功后的他在一次谈话中表示自己并不怀恨反而感激刘文典当年的行为,他笑着说道:"我干嘛要生气?他那时的水平就是比我高。"沈从文将宽厚作为人生的准则,在忍耐中学会自我豁达,从而心无旁骛、潜心修学,最终获得成功。真正的力量是忍耐,真正的智慧是宽厚。玄一大师在《格言别录》里说:"人之谤我也,与其能辩,不如能容。人之侮我也,与其能防,不如能化。"假如沈从文没有经历忍耐而去费力反驳或者耿耿于怀,他也许达不到自我豁达、心无旁骛的境界;假如沈从文没有将宽厚作为人生的准则,他也许无法收获最后的成功。古往今来,非淡泊无以明志,非宁静无以致远,以大度兼容,则万物兼济。

把正直作为人生准则的人,将收获法律的保护和人民的支持与爱戴。英国清洁工卡里在退休前一天发现并投诉首相在短时间内花重金反复装修房子。不顾身份地位的悬殊,卡里秉着正直的人生准则做着自己认为正确的事。当被记者追问为什么多管闲事时,卡里说:"如果人人都认为这是闲事而袖手旁观,那么国家制定的那些法规还有什么意义?我相信每一个正直的公民遇到这件事,都会像我这样做!"毫无疑问,纵然身份悬殊,卡里得到了法律的保护和人们的支持。正是因为一颗正直的心,卡里作为一个普通的清洁工也如此的不平凡。我国古有秉公执法、铁面无私的包拯,铮铮铁骨、正气浩然的文天祥,清正廉明、为民做主的海瑞……当代有勇斗歹徒、见义勇为的徐洪刚,执政为民、惩恶扬善的任长霞,用生命守望正义的周会明……正直者顺道而行,顺理而言,公平无私,不为安肆志,不为危易行,是故得民之敬、重、爱。

有人沉迷金钱美色,也有人追求远大梦想;有人崇尚自由享乐,也有人始终自律慎独……那些将追名逐利作为人生准则的人,将自私自利作为人生准则的人,为达目的不择手段,也许他们表面也曾风光无限,可是他们夜怕敲门,心疲不安,富贵难长;那些把宽厚、自律、正直作为人生准则的人,把真善美作为人生准则的人,把"为天地立心、为生民立命,为往圣继绝学、为万世开太平"作为人生准则的人……他们也曾经历艰难困苦,也曾饱受挫折煎熬,但自律、宽厚、正直这些美好的人生准则犹如浩瀚海洋的灯塔、漆黑夜里的启明星,光彩夺目,熠熠生辉,照亮着他们的人生路,让他们永不迷惘,一路向前,走向辉煌!

莫为毒拿未来抵

"我之前也吸毒。"台上那个宣传禁毒知识的人讲完这句话,台下一片喧哗,我猛抬头,便见他眼中无尽的悔意,那是纵使戒毒成功,纵使回到正轨,也无法磨灭的、永恒的伤痛。

吸毒头几年,他的父亲带病在身,一直盼他改过自新、回头是岸,可是,直至父亲生命最后一刻,希望还是落空,抱憾离世。"然而,父亲的死没能改变当时的我。现在,这是我后悔一生的事。"他的声调平淡,可紧握的拳头暴露了他内心的极度悔恨与自责,眼中泛起的晶亮的东西,除了泪水,又能是什么?哪一个孩子,会不爱自己朝夕相伴、血浓于水的父母?哪一个孩子,会狠心到父亲生命的最后一刻也不去实现父亲的执念? 真的是他不想吗？真的是他这么冷血无情吗？不，当然不是，是根本就做不到啊！毒瘾发作时，什么友谊、亲情，即使是生命也只能抛之脑后！毒蚁啃噬着身体，由肠道到血液，再由血液到身体各处，最后，吞噬大脑……从此吸毒贩毒，回头——难，上岸——难上加难。

"我在吸毒成瘾，被抓又放出来后，身边的人都像躲避瘟神一样避开我。父亲死后，有人实在看不下去，劝我母亲再找一个，不要再浪费时间在我身上。母亲说：'我要陪着他，照顾他，哪怕是用我一生，我也等他改过自新。'"听到这时，我松了口气，以为事情终于有了结局。可是他笑了，笑中带着凄凉和苦涩，声音有点嘶哑。他说："可是，这仍然没有改变我。"还是没能改变他？！是啊，如果亲情可以净化一颗被毒品腐蚀的心灵，那么这世间又怎会有那么多因毒品而破散的家庭？……

"最后，我吸了毒后神志不清，从五楼跳下。醒来时躺在医院，身体七处骨折，右腿终生残疾。"二十年的吸毒岁月，青春如此落幕。

戒毒成功的人，不知道历经了多少痛苦。就算如今他戒了毒，但他的父亲当年的抱憾离世，母亲的一次又一次失望和痛苦，自己右腿的终生残废，这样惨痛的代价，一遍遍警示着我们，一失足成千古恨，莫为毒拿未来抵。

从 1839 年林则徐虎门销烟,到 2007 年 12 月全国人大常委会通过《中华人民共和国禁毒法》,从全世界将 6 月 26 日设为"国际禁毒日"到尼日利亚提出在全国范围内开展"烧毁毒草行动"……我们可以看到,中国在行动,世界在行动!各国禁毒行动,绝非小题大做。为了少看到一些瘫倒在床上由迷离极乐变得空洞虚妄的眼神,为了少听到一些由毒瘾发作时猪突豨勇、清醒后痛苦不堪以死明志的故事,为了还社会一片蔚然正气之风,我们青少年也应该要高举禁毒反毒的旗帜,行动起来!

即便国家已经高度重视并做出了巨大的努力,我国现有的吸毒人员仍然超百万计,有吸毒人员必然也有贩毒人员。是啊,"朋友"的鼓动,好奇心的驱使,让接下来的一切变得"自然而然",可我们须知,吸毒违法!成千上万倍的利润,让一些想快速致富、动了歪心思的人趋之若鹜,铤而走险,不惜以身试法,可我们须知,贩毒犯罪!法网恢恢,疏而不漏,可曾想过,那条不归路要以健康的身体、和睦的家庭为代价?可曾想过,法律又怎会姑息明知故犯、害人害己的人!

让我们高呼,莫为毒拿未来抵!纵然毒品种类纷乱繁多,不法贩毒分子蠢蠢欲动,我们也一定要手拉手远离毒品,齐参与共筑防毒长城。

天行健，君子以自强不息
——国旗下的发言稿

一

敬爱的老师、亲爱的同学们：

大家早上好！

今天由我代表初一97班进行升旗仪式的国旗下演讲，首先祝愿各位老师们身体健康、工作顺利，祝愿各位同学们学业进步、天天开心！

站在国旗下，举目仰望着那高高飘扬的红旗，此刻的我们还沉浸在雄壮的国歌声中，庄重而严肃地向祖国、向国旗默默诉说着自己的心声。

相信大家一定还记得今年 9 月 3 日抗战胜利 70 周年大阅兵的动人场面,那是新中国历史上第 15 次大阅兵。陆军、空军、海军,以及中国女兵的飒爽英姿,彰显着我国人民伟大的爱国精神和雄厚的军事实力。在世界都属于领先水平的陆军轻武器95-1 式自动步枪和 95B-1 式短突击步枪已成为我军"名片";05 式水陆坦克至今仍是世界上战斗力最强的两栖战车;东风-21D 反舰弹道导弹依然是世界上唯一的中程反舰弹道导弹……各种战斗机、陆航直升机、大型飞机、海军导弹武器等看得我热血沸腾。那一刻,我在想:今天的安定生活是多少革命先烈用鲜血和生命换来的胜利,祖国的繁荣和国力的强大是多少优秀中华儿女智慧和劳动的结晶。如果没有扎实的文化知识做基础,怎能促进经济、军事、农工业的发展? 如果没有小学、中学的优异成绩,怎能进入国家优秀的高等学府? 怎能学到专业化高科技知识? 怎能在国家那么优越的条件下创造那么先进的武器呢? 因此,万丈高楼平地起,知识才是根本,是基石! 再看看我们现代化的城市,信息化的设备,巨舰横行海洋、坦克碾压陆地、战机翱翔长空、核武器震慑世界,互联网的生活让人们足不出户可以了解世界,连餐厅都引进机器人炒菜送菜了……这日新月异的发展,便是建设者们立下的赫赫战功！二十一世纪的我们，是如此的幸运，看到了祖国的飞速进步与发展，享受着前辈们给我们创造的美好生活。我们的生活与科学技术是如此贴近与密切，但我们不能够停留在前辈们的成果中，应该树立起更远大的理想与目标，将来去建设更加和谐美好的社会。

记得小学四年级的暑假，父母带我去北京旅游，参观了仰慕已久的中国最知名的高等学府之一——清华大学。那是一座有着悠久历史和人才辈出的学府，它培养了许多海内外知名的优秀人才，比如我们前国家主席胡锦涛、前国家总理朱镕基、现代散文家朱自清，还有王国维、梁启超、华罗庚等等，数不胜数。假日里的校区内，安静矗立的群楼彰显着历史的沧桑，古迹林立，水清木华，一个个学长们给一群群参观者做着导游，兴致勃勃地介绍校内的环境和人文。校园里没有金碧辉煌的高楼大厦，没有我们想象中的那种难以触摸的高傲，但校区内随便找一个学长，那一定是某某名校考上来的学霸。随便在一个地方停留，那一定是曾经或者将来的某个名人深思和驻足的地方。那里最吸引大家的不是物质，而是悠久的历史、伟大的文化和深邃的内涵，那里汇聚着中国最新潮的学术思想，最前沿的科技知识，最具有时代特色的校园人文氛围。以

"天行健，君子以自强不息；地势坤，君子以厚德载物"为中心内容的清华校训激励着学子们奋斗不息，也激励着我一定要努力、努力再努力。我告诉自己，这个世界上，最强大的不是看得到的事和物，而是我们的精神和知识。因此，每一天我们都要持之以恒地努力学习，朝着理想的目标发愤图强！

对于初三、高三的大哥哥大姐姐而言，中高考已并不遥远，你们近期的目标无疑是考一所理想的学校，这也是人生的一次重大转折。一分耕耘，一分收获。在学习的道路上，我们只有勤奋踏实地掌握一点一滴的知识，才能用知识武装自己，最终把握住自己的命运，为祖国做出应有的贡献。因此，我们要做好学习的准备。俗话说："工欲善其事，必先利其器。"我们一定要调整好自己的状态，使自己紧跟老师的步伐；还要在大框架下制定自己的小计划，一点一滴地积累，一步一段地进步；更要发扬自己的优点，改正自己的弱点，以求全面提高。认真对待每一次练习与考试，把考试当平时，把平时当考试，把每一次考试和作业都看作是一次查漏补缺的检测，一次思考总结的良机。富兰克林曾说："有非常之胆识，始可做非常之事业。"我们要培养自信，战胜怯弱，在任何时候都秉持"不抛弃，不放弃"的信念。另外，我们还要加强体育锻炼，因为身体是学习的本钱,只有拥有健康的身体,才能学得轻松愉快。

亲爱的同学们,没有播种,何来收获? 没有辛劳,何来成功? 没有磨难,何来荣耀? 没有挫折,何来辉煌? 我想我们早已看到了双亲的辛勤劳作,读懂了在讲桌旁燃烧青春的老师,我们的心里早已装下了美丽的梦想……我们必须牢记"天行健,君子以自强不息"的精神,坚定"大浪淘沙,方显真金本色;暴雪压顶,更见青松巍峨"的信念。让我们鼓足风帆,从育贤学校这个风和日丽的港湾奋力远航;让我们携手并进,以信念为舵,以理想为帆,以汗水为桨,载着梦想之舟驶向成功的彼岸;让我们为祖国更好的明天承担起华夏儿女的责任,用我们的知识和能力为祖国的繁荣昌盛、世界的和平美好再添佳绩!

梦想是一定要有的,万一实现了呢? 同学们,此刻,让我们在这庄严的国旗下,庄重而严肃地向祖国、向国旗许下自己的理想。若干年后,当大家聚首我们美丽可爱的母校,再畅述各自的精彩与辉煌!

谢谢大家!

我不再自卑

幼儿园大班的时候,我有点自卑,因为如果大声说多了话就会变得声音嘶哑(后来母亲告诉我是声带小结的缘故),而且那时母亲在广东的工作又换了新岗位,与父亲的工作单位隔得很远,作为医务工作者的他们很忙很辛苦,实在照顾不来,便把我送回到了湖南的外婆家。我回到老家,总感觉自己与旁人格格不入,不愿唱歌也不愿多说话,觉得自己没有朋友。

一年级那年,一位叫小雪的同学出现了,她很积极主动地与我做朋友。在她的鼓励下,我与别的小伙伴也"打成一片",但是我知道,她不在场的时候,有些同学还是会对我的声音评头论足,窃窃私语。

小雪活泼开朗,喜爱唱歌。一次,她发现了我的秘密,叫我去她家玩。她唱起了那首《天使公主》,声音甚是好听,犹如天籁一般。唱到投入处,她拉起我的手,我们一起跳起舞来。一首曲子终了,我情不自禁地狂热鼓掌,手都拍红了,舍不得停下。"谢谢!"她优雅地一鞠躬,对我说:"你也试试吧,用心去唱,你可以的,一定可以的!""我……"我犹豫了,这一年来,我真实的歌喉只有在没人的时候才敢独自展示,连我自己都不想听到。"我们不是朋友吗?来,试试!"在她的催促下,我断断续续地唱起来:"每个……女孩……女孩都是……一颗……掌上明珠……"我紧张地看着小雪的脸,担心她会嫌弃、会厌恶、会嘲笑或者不再跟我做朋友。但她一脸很享受很陶醉的表情,认真地聆听,慢慢地,我不再紧张和担忧,声音也随之大了起来:"天使,公主,心里有梦就最幸福。"还未收音,她就鼓起了热烈的掌声:"那么好听,为什么不愿意唱呢?你是害怕吗?声音不需要完美,有自己特色就好!"她的话,深深地触动了我,烙印在我的心里,虽然分辨不出是不是善意的谎言,我就那么坚定地相信了！

一年级一结束,父母把我接回了广东读书,后来听说小雪也随她的母亲不知转到了哪所学校,而我的声带小结也治好了,声音如很多小女孩一样甜美动听。再后来我钢琴逐步过级,学了舞蹈,歌也唱得很不错,在母亲及老师的支持下,参加了很多大型活动和儿童文艺演出,唱歌跳舞弹琴主持……我不再胆怯和自卑,始终相信"有自己特色就好"！

若干年过去,每每回忆当年,在我们都还是小小孩,懵懵懂懂过家家的年龄,却是我最灰暗的岁月,而小雪如同天使般守护在我的身边,鼓励我,赞美我,陪伴我游戏玩耍,她用她的友好、善良和真诚,陪我走过了那段孤独的岁月。

如今想来,依然是心泛波澜,热泪盈眶。

和妈妈一起睡

———

"妈妈!"洗完澡后我脚都没擦就一下扑到妈妈身上,抱住了她,闻着妈妈身上淡淡的体香,顿时感觉整个人神清气爽。

"小调皮!"妈妈笑着摸摸我的头,然后拿纸巾一边给我擦脚,一边调皮淘气地要求我今晚讲故事给她听。我故作犹豫道:"这个嘛……这个嘛……"

近日来,妈妈因劳累而诱发过敏性鼻炎,刚口服了抗过敏的药物,据说这个药还有嗜睡的副作用,我就知道今晚妈妈是不可能给我讲故事了。为了不让妈妈失望,和妈妈并头躺在床上,我开始学着她给我讲故事的样子,张口就来:"从前,有个灰姑娘……最后,她和王子幸福地生活在一起了!"故事一讲完,我正准备向妈妈邀功,没想到妈妈早已酣然入睡了。

毫不夸张地说吧,妈妈那晚的鼾声真是史无前例,惊心动魄。有春风蝉鸣之美,有小桥流水之韵,有排山倒海之势。刚开始是一组民族乐器曲,仿佛一天涯浪子背对夕阳,在空旷无人的荒野上吹奏着绵长幽远的洞箫,一会儿高山流水,一会儿激情澎湃,一会儿孤寂缠绵。"轰——"突然一个浓重的鼾声过来,如同盛夏那猝不及防的雷声。待"雷声"渐渐远去,"轰"的一声又以迅雷不及掩耳之势接踵而来,正在汹涌而至的瞬间突然又戛然而止,留下时钟穿过指间的寂静。"轰——"又重新打破了寂静,如同飞流直下的瀑布倾泻谷底,淋漓尽致,发出洪钟一样的回音……

"妈妈,妈妈!"如此罕见的鼾声真是让我惊心动魄。我使劲地摇着妈妈的手喊道:"快醒来啊,帮我摸背背!"

妈妈迷迷糊糊侧过身,一言不发,轻车熟路地把手放到我背上,轻轻抚摸。

隔着薄薄的睡衣,我都能感受到妈妈那双手日渐粗糙,眼前浮现我小时候看到的那双手,肤如凝脂,手如柔荑,帮我按摩时是多么的细嫩柔滑。而如今，妈妈的手日益粗糙，皮肤干燥开裂，那常有的裂口和淡淡的血迹就是为这个家辛苦付出的见证啊。我突然想起在一本书里看到的一句话："我们成长的速度远远赶不上父母老去的速度。"是啊，这岁月的沧桑竟毫不怜惜地在父母身上肆意地烙上印迹。

我握住妈妈的手，瞬间情不自禁地热泪盈眶。

蝉鸣声，风吹树叶的"沙沙"声，妈妈轻柔的呼吸声都是那么具有魔力，仿佛来自天籁的催眠曲，我渐渐心安神定，睡意袭来。就在这时，妈妈突然端坐起来，灵活利索精准地拉起被子盖到睡在一侧的我的身上。我却清楚地感觉到她浓浓的睡意，以及她似睁未睁的双眼。她这在梦里都能行云流水一气呵成的动作，让我眼中再次泛酸。有多少个夜晚，多少次梦醒，她就是这样帮我盖被的。即使那嗜睡的药物作用让她上床秒睡，鼾声如雷，仪态全无，但是却无法阻止妈妈帮我摸背为我盖被的惯性行为，这是怎样的牵挂怎样的深爱啊！

和妈妈一起睡，从一次次习以为常中体会妈妈疼我到骨子里的爱，每每想起，就忍不住热泪盈眶。

我想去看看

"世界那么大,我想去看看。"如今这句话已经红遍了大江南北,也自然而然地在众多中学生中流传开来。毕竟,世界有大美,为我们心之所向。

"可世界那么大,你凭什么去看看?"当第一次看到这句话时,我顿时哑口无言。是的,我从没想过这个问题。我知道,这个世界上绝对存在不需要努力就天资聪颖的人,不需要工作就家财万贯的人;有人出生在北斗之位,有人含着金钥匙而来……这些都是他们随心所欲地"想去看看"的资本。而我知道,那类人里没有我。我，凭什么去看看啊？

天空有雨，微风料峭且优美。

2018 年 3 月 14 日，霍金先生的去世轰动了世界。这个被人们盛赞为"上帝之子"，无愧于"天才"之称的人，曾以第一名的成绩从牛津大学毕业，在剑桥大学修完博士，在 20 岁被诊断再活不过 3 年。然后，他的奋斗人生才刚刚开始。在此之前，学习对他而言并不是什么难事，而面对死亡之时，他才开始珍惜时光、勤于思考，发奋探究宇宙的奥秘，"大爆炸理论""黑洞粒子学说"等等，一个个伟大的科学理论开始形成。其实，在此过程中，天赋固然重要，但最重要的是霍金先生博学扎实的知识基础、探索研究的决心毅力、面对挫折的勇气和坚持不懈的努力。

也是这个 3 月 14 日，我被街头一位不知名的残疾青年深深震撼。似乎是忘记了带雨伞，缺了一条腿的他和一个瘦小的女子提着几袋满满的食材，跛一拐在雨中艰难地奋力前行，他们背负重荷，却微笑前行，没有人帮助，彼此相互扶持，一步一步，明确且坚定。这个开了 3 家小店的青年，谁能说十年、二十年以后，他们不会把店开到五湖四海呢？谁能断定他们就不会像比尔盖茨、马云那样富甲一方呢？

当一个渺小的人心怀梦想，直面困难，不懈努力，心向远方，爱在身边，他不能成大事吗？他还不能带着所爱之人去看看这个世界吗？古之立大事者，不惟有超世之才，亦必有坚韧不拔之志。

我凭什么去看看这个世界呢？我愿意坚守自己的梦想，勇敢迎接前方那未知的困难，时刻不忘初心，努力奋斗，把爱与温情放在心上！

锲而舍之，朽木不折；锲而不舍，金石可镂！

世界并不大，我想去看看！

世界并不大，我一定会去看看！

我最喜欢的一个戏剧人物

墨发及肩,随风飘荡,眉梢上扬,清秀浅笑。

他就是我最喜欢的戏剧人物——陈长生,电视剧《择天记》中的男主角。在一个生老病死早被注定的世间里,被判定活不过 20 岁的他,一心逆天改命,做自己命运的主人。

他 19 岁离开给他依靠、为他治病的师父。下山入尘世的他,用自己的智慧、真诚、才华、勇气,结交了一群真心实意的好朋友。他天赋异禀,有日月星辰之力,血可治百病、解百毒,但每用一滴血就会离死亡更近一步。即便如此,在朋友有生命危险时，他还是会毫不犹豫地献出自己的血。好几次朋友活了，他却险些丢了命。在朋友陷入困境、无计可施时,他拼尽全力为朋友撑起一片天地,哪怕自己万劫不复。他与朋友遭遇不测，朋友有活命的希望却不愿离开，他就假意对朋友百般嫌弃,骗他离开,却在转身刹那间差点落泪;他用自己的才华为朋友解决难题,有些朋友知恩图报、肝胆相照,也有些伪朋友贪婪索取、永不满足……

我对陈长生的喜爱,更多的是在于他的坚持和永不言败。最亲的师傅告诉他活不过 20 岁，可以安心享受剩下的岁月,师傅甚至可以为他延寿 3 年,但他还是冒着无数未知和危险,毅然选择离开,选择改命;几经生死,几闯鬼门关,好不容易再次醒来,超脱六感,却被告知改命失败。在无数次打击下,他选择了乐观和坚持,再次站起来,利用好每一天,去帮助别人,努力学习,参悟人生,直至成功!

记得他被敌人讽刺为垂死挣扎的蝼蚁时,他咬紧牙关,从地上艰难爬起,又扬起自信的笑,永不言败,与敌抗衡。他坚信,蝼蚁可翻天覆地,也可光芒万丈。

现实生活中,很多人在遇到挫折时自甘堕落,自我放弃,甚至还没有努力过、尝试过、失败过就宣告绝望放弃了。可陈长生呢,即使面对再大的风,再大的浪,即使大多数人已经放弃,认定他必死无疑,但他还是坚持信念,一心逆天改命。这不正是我们所要学习的精神吗?

道是天公不惜花,百种千般巧。

道是天公果惜花,雨洗风吹了。

喜欢他的自信,他的真诚,他的坚持不懈,他的永不言败。

这样的陈长生,我喜欢!

邂逅

———

　　隔着琴行的透明玻璃，我的目光再也没有离开过那个少年。

　　阳光透着玻璃照在他身上,柔软细腻地洒了一身明亮。他干净的头发柔顺发亮,双眸轻闭,棱角分明,躯体随着音乐跌宕起伏,似乎痴迷陶醉在音乐的海洋。他十指修长,如灵活跳跃的精灵在洁白的钢琴键盘上翩翩起舞……

　　我盯着看了好一会儿,他似乎也感应到玻璃外那发光的眼神。一曲弹毕,他转头看向我,对我轻微一笑,无比优雅而绅士。

"一起来弹吗？"

他对我做了这样的口型。我使劲点头，他又笑。

我走进了他的练琴房。

"嗯……我来教你弹曲《两只老虎》吧？"他俨然一副大哥哥小老师的模样，声音却极稚嫩可爱，和我们那时的身份很相符——稚气未脱的小朋友。

咦？是要被他看低了吗？我不服气地说："我会弹！"

"哦？"他一副惊讶夸张的表情逗乐了我。我无比严肃地弹完一曲《两只老虎》，他拼命鼓掌，夸张的表情逗得我哈哈大笑，琴房中充满了清脆的笑声。

琴行老师许是听到了吵闹，坐不住了，敲敲门，警告我们要好好练琴。少年煞有介事地点头，回应老师，然后对我说："你弹高音，我弹低音，咱们来个四手联弹吧！"

"什么叫四手联弹？"学了几年钢琴的我还真不知道什么是四手联弹。

这个问题似乎一下子问倒了少年。他挠挠头道："我也说不清，总之就是你在右边弹我在左边弹，我们一起弹就是了吧。"

"哦，原来如此！"我恍然大悟，与他开始了"四手联弹"。

幻想中我们配合得天衣无缝，高山流水，仿佛是知音相逢，"天生一对"。然而，现实是"不堪回首"的，我们似乎捣腾了半个世纪，也没弄明白个所以然，索性我还是选择安心地成为一名听众，欣赏着动人的音韵，陶醉其中。

记得那天回家我兴奋地告诉妈妈："我遇见了一个特别帅气的男生，超级超级喜欢他了！"妈妈宠爱地敲敲我脑门，说了句："小屁孩，懂什么？"

只是那次以后，就再也没有见过那少年。据说那次他只是来试课的，我也不再多问，从此就再无后话。

可是，某个阳光午后，当我再透过玻璃望进琴房，仿佛犹有翩翩少年向我颔首微笑，那般美好。

那一年，我九岁；那一次，美好的邂逅。

一段特别的旅程

———

"那你就跟着这个叔叔一起去长沙吧！"我点头，紧张、担心又充满期待。从小妈妈就把我保护得跟国宝似的。记得第一次自己坐校车上学，爸妈一直远远看着我上车，并开着小车一路跟着校车直到校门口，然后再悄悄看着我下车，进学校和教室。表面上我很独立自主，但我知道，只要有一点点风险的事，父母一定会在不远不近的地方提供着保护。这一次，我确实要离开父母的保护和视线，独自开始一段旅程了。

此刻，在家乡的高铁站，舅舅正把我"交给"一位从未谋面、但的确是爸爸同事的人。因为爸爸妈妈已在长沙了，有点急事需要我赶过去，便让舅舅立即带我去，然而舅舅没买到高铁票，明天还得上班，这个叔叔刚好去长沙，而我的父母此刻已经在长沙高铁站的出口耐心又担心地等待着我。所以,我被舅舅郑重地"交给"了这位叔叔。

这个叔叔比我高出了两个头，眉头粗粗的，脸有点婴儿肥,笑起来憨憨的,斯斯文文。古人说,相由心生,而且他还是爸爸的同事,肯定不是坏人！我这么想着,心里就淡定多了,安安静静地跟舅舅告别,跟在了叔叔后面。

"你上几年级了？""七年级。""你们班怎么样？""我们班啊……"也许因为聊天可以减轻紧张,也许因为这个叔叔看起来很亲切,我的话闸子一旦打开,就如洪水决堤般喷涌而出,滔滔不绝,而那个叔叔只是耐心地听着,时不时发出爽朗的笑声。

很巧的是,我跟那个叔叔在同一个车厢,虽然隔了几排位置,但也还触目可及。叔叔坐在我前面几排,时不时回头看看我,生怕我坐着都会弄丢似的。我努力克制住想笑的冲动,礼貌地回以微笑。瞬间觉得自己"高大上"起来了——这么礼貌这么淑女,这真的是我吗？哈哈！

高铁平稳地开动了,大家都坐在座位上做自己的事,我顿时倍感无聊。以前爸爸妈妈带我坐高铁,这个时候会用自带的水杯泡上一杯热茶或者咖啡,然后戴上耳机听歌或者各自拿出书本、报刊开始阅读。今天我终于自由了,才不想按以前的套路来。我盯着高铁上的广告认真看起来,广告上的女孩青春飞扬,眉眼之间皆是盎然笑意,让人心境豁然开朗。可惜广告也就那么几个,看完又是重播。我无聊地数着手指头,左数来右数去,也只是十个手指头,恍然间,瞌睡神上门拜访了——"我不能睡啊,万一到站了睡过头了呢?"一番激烈的心理斗争之后,我注意到了坐在旁边的男生。开始以为他在玩手机,仔细一看,竟然在手机上"刷题"!他那么认真,时而眉头紧皱,时而又喜上眉梢。我盯了他那么久,他心无旁骛浑然不知。扭头又见到一位年过花甲的老人,捧着杂志在津津有味地读着。我一愣,仿佛无措迷惘的一叶方舟在大浪之下又找到了方向——读书。我拿起书包里习惯性备好的书本,再次安静地品读起来,不再无聊。

一个人坐高铁也许并没有那么可怕和孤独,至少在书的陪伴下,一个小时过得很快。

"宝贝,妈妈好担心呢。"妈妈紧紧抱着我,我心中流过暖意,故作不解地问:"我都是大孩子了,担心什么啊?"

"第一次没有爸爸妈妈的陪伴,坐高铁感觉怎样?"

我想起那个憨厚的叔叔,高铁上的广告和沉迷于书本的老人与男生,独处的时候你才会用心去看世界,去感受世界。

我笑起来说:"是一段特别的旅程!"

勇忠智坚谓英雄

古往今来，成为英雄乃顶天立地男子汉之大志也。吾以为，勇、忠、智、坚谓英雄。

勇，胆量也。

春秋时期烛之武夜出面秦，只身一人，深入秦营，一言不合即可惹杀身之祸，孤立无援却从容处之，劝服秦王，智退秦师，全身而退且保护了郑国，是勇也，英雄也。樊哙救主闯帐，瞋目视项王，言辞振振，置生死于度外，是勇也，英雄也。《左传》有云："知死不避，勇也。"非常人所能及之胆量，力之所及，生命勃发，生死置之度外，是谓勇。

忠，德之正也。

汉苏武困于匈奴，单于欲使之降，武不从。粮绝吞食毡毛，窖中呲雪，北海牧羊，穷厄困顿，终不肯降，是忠也，英雄也。诸葛亮感念刘备知遇之恩情，托孤之信任，忠心如初，力挽狂澜；岳家军屡建奇功，精忠报国，满门忠烈，是忠也，英雄也。日本侵华举国抗战年间，汉奸虽得眼前之利，然而遗臭万年，为世人所不齿，非忠也，罪人也。天下至德，莫大于忠，竭尽心力，尽职尽责，威武不屈，富贵不淫，是谓忠。

智，智慧谋略也。

春秋郑商弦高，途遇秦军，秦军欲暗袭郑于不备。弦高假冒郑使，盛情款待秦军，秦将以为郑有备而来，遂撤军，郑得以避患，是智也，英雄也。韩信暗渡陈仓，孙策调虎离山，晏子二桃杀三士，西汉张良功成身退，皆智也。黄石公云："贤人君子明乎盛衰之道，通乎成败之数。审乎理乱之势，达乎去就之理。时至而行，顺机而动。"聪明智慧，勇毅有谋，是谓智。

坚，不动摇也。

南宋文天祥宁死不屈，英勇就义；西汉司马迁含冤蒙垢数十年，著就《史记》流芳后世；马克思呕心沥血四十年，《资本论》光辉不朽成巨著；爱迪生研制蓄电池，十年五万次的试验，百折不挠，终得成功；还有因见老婆婆"只要功夫深，铁杵磨成针"之举而发愤读书最终成为诗仙的李白……面对困难挫折、流言质疑，英雄乃曰："心存坦荡，何惧人言。"意志坚定，内心坚定，不为虚名，不惧艰险，不屈不挠，刚也，强也，是谓坚，不动摇也。

吾以为：勇于担当，忠于人事，智有谋虑，内心坚定，是谓英雄也。

游张家界之天门山

———

从小随父母到过北京的八达岭长城，游过香港的维多利亚海港，逛过澳门的大三巴牌坊……唯独张家界在我心目中是神秘的。

据说它集桂林之秀、华山之险、黄山之奇、泰山之雄于一体，藏桥、洞、湖、瀑于一身，有"扩大的盆景、缩小的仙境"之美称，尤其是其被世人誉为世界最美的空中花园和天界仙境的"天门山"，更是令人神往。

暑假，父母终于空出五天的时间，一家子来了一场期待已久的张家界之旅。其中,让我印象最为深刻的要数天门山之行。

因为假期,门票难求,我们选择跟团游。导游给我们"抢"到了 B 路门票(天门山门票分为 A 路、B 路两条线路,不同线路门票的行程顺序不同),也就是说这一天的天门山旅途路线是先乘班车至山门,再乘景区游览车至天门洞,然后乘穿山自动扶梯上山顶,山顶游览完毕后,乘坐索道下山。

我们一大清早跟着大部队来到了天门山景区市内班车站,这里早已人山人海,队伍排成了一条蜿蜒的长龙。我们耐心地站在队伍里缓慢前行,父母牵着弟弟,我开始提前做关于天门山的功课——天门山海拔 1518.6 米,是张家界的最高峰,被称为"湘西第一神山"。

终于坐上了班车,一路很快到了天门山大门。大门是中式建筑,正大门两旁还有侧小门,八角亭似的盖瓦房顶,红色木柱据说有辟邪的风水讲究,正大门上赫然写着"天门仙山"四个大字。

我们依然是排队,然后乘坐游览车至天门洞。因为天门山只有一条上山的路,所以需排队的地方特别多。终于坐上车,松了一口气,一路蜿蜒向上,水泥马路仅供往返两辆车行驶,路边可见大山小山绵延相依,形态各异,树木繁茂。突然一个急转弯,吓得我赶紧双手抓紧前座扶手,又紧了紧安全带。这条盘山公路有"通天大道"之称,全长约 11 公里,海拔从 200 米急剧提升到 1300 米,共计 99 个弯。紧接着,司机自信满满,"一路狂飙",180 度的急弯接踵而来,母亲这个驾龄十余年的"老司机"被吓得一路尖叫,众人无不惊出了一身冷汗。再往上走,大道两侧绝壁千仞,空谷幽深,回头望去,有时见玉带环绕,有时见峭壁在旁,仿佛车在凌空驾驶,又仿佛随时会跌入万丈深渊。一路胆战心惊,终于来到了天门洞前。从车里出来,仿佛瞬间置身于仙境,眼前群山在云上耸立,云在山尖蔓延缠绕、变幻游走。这感觉,有点像小时候在迪士尼坐探险宇宙的过山车一样,一路惊慌突入唯美的仙境之地,那美好,简直无与伦比。洞前一个大坪,游人在此休息观光。往上,菱形石墙上赫然写有"上天梯"三个大字,旁边还配有清代永定县令俞良模所题的诗句"莫谓山高空仰止,此中真有上天梯",意思是,不要说山太高,上不去而停止不前,这里真的有天梯。接着就是 999 级石阶连着两山之间的豁然巨洞。这是一个纯天然的穿山溶洞,洞四周岩石磊壁,灌木丛生,郁郁葱葱,光芒从巨洞穿射过来,有云雾之气萦绕,有霞光万丈闪耀,似乎穿过这道门,就真是天外仙境了。

我们的行程安排是坐电动扶梯上山顶。整个扶梯就在一千多米的高山上,在悬崖峭壁的山体隧道内运行,据说这是目前"世界上环境最恶劣、工程最艰巨、施工难度最大、总提升高度最高、梯级运行总长度最长、最具创意"的山体隧道中运行的自动扶梯工程,是世界电梯行业的一大奇迹。扶梯直通天门山顶,一路观光便到了"盘龙岩玻璃栈道"。玻璃栈道悬于天门山山顶西线,长 60 米,最高处海拔 1430 米。因为走过不少地方的玻璃桥,又听父亲讲过其结构、承重等,倒也不觉得害怕。只是无比感叹我们中国人民的勤劳、勇敢和智慧。

山顶突然凉风四起,云浪翻腾,瞬间便下起了倾盆大雨,大家赶紧躲到宽阔的平地。有的自带了雨伞,有的穿上雨衣,有的挤在大树下。这树真是茂密啊,那么大的雨,树底下居然能遮风避雨呢!几分钟过后,乌云散去,太阳直勾勾地照射着大家,真是瞬息变幻的天气啊。我们一行走到了鬼谷栈道。鬼谷栈道弯弯曲曲地建在直立的悬崖峭壁上,真是巧夺天工,游人更觉惊险刺激。一路见游人有扶着墙壁不敢走的,有被抱着捂着眼慢慢挪行的,据说还有爬着过的,只是当天没被我遇见。我们一家子倒还好,既不恐高也不害怕,父母要求我挨着悬崖边,小心行走,不要被悬崖上偶尔突兀的石头碰撞即可。只见远近各处群山耸立,姿态万千,葱葱郁郁,云雾蔓延,行走途中虽无恐惧,但依然如履薄冰,不敢怠慢。接下来我们游览了鬼谷洞、空中园林、李娜木屋等等。

一路上看看停停,拍拍照,吃吃东西,很快就到了下午。

在导游的催促和带领下,我们乘坐索道下山。天门山索道是目前世界上最长的高山客运索道,索道全长 7455 米,据说有 57 个支架,全程约 20 分钟,是"世界首屈空中移动观景长廊"。我们从千余米的高山缓缓下滑,透过坚实的缆车玻璃,沿途观赏天门山的高绝奇险,仿佛从天界回到了人间。在缆车上,我还看到了天门山下峡谷中《天门狐仙》的山水实景演出搭台,据说这是以落差一千多米的张家界天门山为背景,以山涧峡谷为表演舞台,运用了现代顶级高科技灯光音效的玄幻音乐剧,描述了感天动地的人狐之恋。"为你而生、为你而死、为你而疯,一辈子只为你一人风情万种!"就凭这一句,就应是值得观看啦!

我们随着索道在市中心的索道站下来,出门口就被车接去下榻酒店了。如果有时间再游天门山,一定要错开节假日旅游高峰,不急不慢地好好探秘天门山,亲自爬上那 999 级的上天梯,然后记得一定要看一场"21 世纪的梁祝"之"天门狐仙"哦!

把绿色之梦铺满青春的征途

枯黄的落叶铺满了苍老的水泥地板，光秃秃的枝丫是何等的凄清，就连风吹来的，也好似老树的叹息。

但我并不因此而倍感凄凉，抚摸粗糙的树干，我知道，来年的春天，枝吐新芽，不久便枝繁叶茂绿树成荫。这就是生命的力量，青葱绿意铺满征途。

"我的梦想啊，是成为一名优秀的律师！"当七岁的我自信满满地道出自己的梦想时，只注意到外公外婆一瞬间僵住的笑意。"律师？"外公上下打量了我，摇头说："你这丫头，又不是伶牙俐齿，口才也一般般，跟人都没吵过架，怎么能当好律师？""是啊是啊！"外婆连声附和，"律师不好啊，隔壁王老太太的儿子原来是个律师，后来改行做生意去了……"我强装若无其事地说："是啊是啊，我玩去了。"然后，一溜烟似的逃出了家门。

我知道外公外婆说的是实话，也是为我好。可那毕竟是我的梦想啊。如今看来，似乎千般万般的不合适，说出来的梦想如同一个笑话。

一瞬间，突然就迷失了方向，心中脑海一片空白。压抑和沉重感紧紧包裹着我的心，看那光秃秃的老树，如今只在寒风中萧瑟，最后一片枯叶也在寒风的威力下妥协，肃然飘零……

朦胧如晨梦般的细细春雨飘然落下，带来了春的讯息。淅沥之中，我透过窗户，竟然看到了老树枝头嫩小的一抹绿色，什么触动了我心中那一潭清水，激起涟漪荡漾？老树啊，春来了，给你带来了绿色的生机。

"轰隆隆！轰隆隆！"磅礴大雨不期而至，震耳欲聋的惊雷吵醒了睡梦中的我，听着那"噼里啪啦"打在玻璃上的大雨，找想起了那暴雨中的新芽，那小小的生机还会在吗？……一夜再无眠。

次日晨起,我急匆匆地来到老树前,寻找那抹珍贵的绿,怎么也寻不见。似乎早已是意料之中,却让失落不经意间涌上心头。昨夜要是起来给那小芽儿打伞就好了。绿满枝头应该是老树的梦吧,而如今,就如我的梦一般,被狂风暴雨吹散,无处觅踪迹……

自那以后的很长一段时间,我没有勇气去观察那颗老树了。

某一个清晨,我被清脆的婉转动人的鸟鸣声吸引,情不自禁地走到窗前去看那棵老树——老树啊老树,在寒风之后,暴雨之后,被无数次摧毁生机之后,也在我不知不觉中,已经枝繁叶茂,绿树成荫。微风拂过,树叶欢快地摇曳,小鸟儿在枝头跳跃高歌……狂风暴雨没能阻挡老树的梦。那是梦想的力量!那是生命的力量!

老树尚且如此,何况青春年少的我们呢?青春年少,应该生机盎然;青春年少,应该携梦前行!珍藏好我们的梦想,披荆斩棘,勇往直前,把绿色之梦铺满青春的征途!

遇见另一个自己

——

穿梭在人来人往中，社会这个大染缸早已把洁白的心染成了墨色。形形色色的人，大大小小的事……

一点都不喜欢这样。曾几何时，我爱着的那个真实单纯的美好世界变成了这个样子，虚伪、功利……侵蚀着人们的心。

我一遍遍地责问自己，你怎么是个这样的人？

老师同学面前骄傲活泼、阳光幽默的逗比同学，可实际上自己并不知道有什么好笑的，除了试卷上令人自豪的分数以外，还有什么呢？有谁读懂了这永远"爽朗"的笑声和"无邪"的双眸下那份遗失的纯真。

可我本身真的不是这样的,不是这样虚伪的。

为了适应学校这个小"社会",我付出了多少? 我把自己直白不拘的性格磨砺得如此拘谨矜持, 有时脱口而出却又合情合理的谎言让我越来越真切地感觉到自己的改变。我一遍遍告诉自己:我只是长大了,长大了,开始适应社会了……

那种让我魂牵梦萦的纯真再也回不到我身边, 我也不再拥有那种美好。一种几年前看着虚伪的他人曾出现的怜悯又一次浮上心头,而这一次,对象却是我自己。

回到家中, 我总会扮演出一个好姐姐的模样悉心关爱着我未满三岁的弟弟。然而,当父母双双出门,家中就会变得不一般的冷清,尽管时常会传出稚嫩的一声声呼唤"姐姐",但我并不会理会。

后来,有那么一个黄昏,爸爸妈妈在厨房里做菜,诱人的香味勾起了我的食欲, 却并不能驱散每日笼罩在心头让人窒息的阴霾。踱步来到父母房中,习惯性地寻找一个熟悉的小人儿,发现自己的意图后我愣了愣,抿唇。一进门就见到了蜷缩在床上如小狗趴地姿势的身影,还伴着奶声奶气的小"呼噜"声。我"扑哧"一笑,一股热流冲破冰冷禁锢的心,很多可爱的回忆涌上心头。我蹑手蹑脚地走近弟弟，凝视着他的睡颜，嗯，那么美好。你看，他粉嘟嘟的脸上洋溢着幸福，又密又长的睫毛不时轻轻闪动，粉嫩的小鼻子和樱桃小嘴让人好想咬一口，简直就是一个美好的天使。夕阳给整个房间镀上了金色，我整个人就沐浴在金光里，一切变得静悄悄的，在一只大手覆上小手的那一刻，时间从我指间流逝，我仍愿意这样，静静握着这双柔软的小手。岁月静好，似乎，有那样一种东西，离我并不遥远，触手可及……

　　"呜呜——呜呜——"弟弟的号啕大哭令我本能地跑了过去。"姐姐，他抢了我的玩具车还打我……"弟弟一边哭一边指着比他高大半个头的男孩向我告状。"哼，怎么可以伤害我弟弟！"我心里想着，威武地站在那个小男孩的面前，生气地把他指着我弟弟的那只手夹住，转而挤出笑容说："小朋友，别闹了！"男孩狠狠地瞪着我，他一旁"看戏"的奶奶脸色立马变得十分古怪，与她的孙子一样有着魔鬼的神态，真可谓"奶孙同心"呢。我将弟弟护在怀中，紧紧抱起，头也不回地准备往家的方向走去，身后老人的话越来越难听，我丝毫不在意。因为我知道，社会就是这样，总把人逼得逆来顺受，宠辱不惊。如你，如我。弟弟似乎看懂了他们的挑衅，听懂了他们的辱骂,从我的怀中挣脱下来,跑到男孩的面前,伸出他白嫩的小手,指着他们吼道:"不许欺负我姐姐!哼!打你!"那一刹那,我心中像打翻了五味瓶,心情复杂得很。这样小的孩子,也敢站出来表达自己的愤怒,维护自己的姐姐……正不知所措时,妈妈来了,问清楚原委后,妈妈说:"小朋友骂人是不对的,抢玩具和打人都不对,我们要互相道歉,要讲道理,要分享玩具,做好朋友。"妈妈鼓励弟弟和那个男孩互相道歉和好,弟弟主动说了对不起,当男孩说"对不起"时,弟弟爽朗地说:"没关系,我以后不骂你了,我们一起玩吧。""好啊。"于是,他们开心地追赶嬉闹起来。老奶奶瞬间变脸谱似的满脸笑容和妈妈聊天……

　　单纯、勇敢、宽容、接纳,瞬间放下,真是天真无邪。张爱玲说:"因为爱过,所以慈悲;因为懂得,所以宽容。"我觉得:纯洁、真实、简单就是最自然的宽容和最慈悲的爱。美好的心灵是一片白皑皑的雪原,能映出一个缤纷的世界;美好的心灵是一方广袤的天空,能包容世间的一切。美好的心灵不会因为世间万象而改变自己本身的色彩。所以,很多时候,放下是一种睿智,放下虚伪、虚荣,做单纯且真实的自己,守护那颗金子般的童心, 如牛奶般洁白, 似雪花样冰洁, 像天使一样美丽善良——这也许就是我遗失且一直在找寻的真我吧。

"哈哈哈哈!"略带"粗犷"的笑声强势地回荡在操场上,一眼望去就能看到一个"帅气"的短发女生和几个同她一样阳光的女生打着篮球,你可能会为她们天南地北的高谈阔论,不顾形象的捧腹大笑所震惊。短发女孩就是我呀! 剪掉齐腰的长发,抛开以往的矜持,肆无忌惮的笑闹,一切都是那样的真实,美好。日落时分,每个人身上都散发着淡淡的金光……

遇见了另一个自己,真好!

原来,你还在这里

我们都在时光里跌跌撞撞地成长,然后一点点离开最初的模样。

"唔唔噜啦……""哇哇哇哇……"

我听不清眼前的这个妇女讲了些什么,只是我看到她四肢健全,面容形态也并无残缺,她手中抱着婴儿,孩子嗷嗷待哺,而她,除了不停地伸手乞讨,连一个心痛的眼神都没有施舍给那婴儿。

我不再犹豫,径直从那妇女面前走过,生活中类似的乞讨屡见不鲜了。身后婴儿的哭声渐渐远去,伴随而来的,是我内心不断地挣扎和自责——我什么时候变得这么冷漠?这么无动于衷?即使知道是骗人的,又怎么忍心看着那么小的婴儿嚎哭而狠心离去?说不定捐出几元钱就真的可以帮助他们呢?

我低下头。

"小梓,帮我擦下黑板!"

我拧着眉,不悦。我很讨厌、很讨厌、非常讨厌这样的事情!我想要和朋友们好好相处,所以极力表现得很热心、很积极、很助人为乐,可是,到最后,一些同学为什么总是连值日时擦黑板这种本该他分内的事情,都要我代做?有什么重要的事情连一两分钟都挤不出来?我已经很多次在思考在演练下次我该怎样拒绝,丁是,我脱口而出:"我要上厕所,急!"一个箭步便跑出了教室,可是当我跑到厕所门口,却止住了脚步,我并不想上厕所的,我只是……但这个人不该是我啊,我不屑地对自己比个中指,失魂落魄地走在校园中。

一个小小的生命扑腾着翅膀落到我的肩膀上,那么小,那么脆弱,但依然努力地扇动翅膀飞着,给我留下美丽的倩影。我情不自禁上前追逐着那只蝴蝶,她飞啊飞,将我带入一片蝴蝶翩翩起舞的花园。我微笑,轻轻蹲下,生怕打扰到正停在花尖上悠然自得的一只小蝴蝶,它的翅膀立着,闭合在一起,这个时候,我只要伸手也许就能抓住它。这份美好,能否停留在我的指尖?我渴望去占有。可我似乎看到了不远处有一位蓝衣少女,她也驻足花间,面带微笑,恬静美好,陶醉在花丛中。我最终没有伸手,心中却无限满足。"原来,你还在这里。"蓝衣少女欢快地朝我奔来,我身旁的阴霾瞬间驱散开来。我问她:"我做的到底对吗?"蓝衣少女认真的思考了一下,对我说:"你没有错啊,我们每个人都在慢慢地长大,在思考中成熟,你舍不得摘一朵小花,不忍心伤害一只小蝴蝶,你还是那个善良真诚的你。只是你学会了辨识真假,学会了怎样拒绝,不纵容虚荣、懒惰,帮助真正需要帮助的人。"我瞬间坚定而明朗,心旷神怡。"你是谁啊?"我企图去拉她的手,碰触到指尖的刹那,只听到她说:"我,就是真实的你啊,是友爱、善良、真诚的你啊!"

　　原来,你还在这里,真诚、善良在陪伴我成长的历程中从未离开过。

远方

——

每个人的心中都会有一个关于远方的梦想。

"很远很远的地方,有什么啊?"儿时的我常常坐在窗户前,看着远处的高楼大厦无限遐想。

后来,爸爸妈妈带我走了很多很远的地方,我看到了风景如画的山川河流,看到了辉煌斑驳的城堡古迹。我还读了很多很多书,书里有如歌如梦的童话世界,有北极的白熊和南极的企鹅……

我知道,那是世界的远方,但不是我的远方,也不是远方的全部。

一转眼,我升入了初中。初中的生活并没有我幻想的那么丰富多彩,每天除了上课、下课还是上课、下课。面对陌生的环境,陌生的老师同学,还有排得满满的课表,我感到无聊和无奈,一点也不好玩。

某一个下午,我在家中写作业,遇到了一个看似很难的题目,我不耐烦地拍拍桌子,敲敲笔杆,望向窗外。

天空灰蒙蒙的,放眼望去,辽阔无边却又朦朦胧胧,看不穿看不透,让人想要去掀开一层面纱,但好像手够不到,又好像越来越远了⋯⋯

"很远很远的地方,有什么呢?"我不禁喃喃自语。

妈妈不知什么时候坐到了我身边,回应了这个我一直想知道但没有答案的问题:"远方,有你想要的。"刹那间,如醍醐灌顶,又如被什么撩拨心弦,我脱口问道:"那么,我想要什么呢?"

妈妈笑着说:"仁者乐山,智者乐水。爱与美好都弥足珍贵,梦想与未来都值得追求,这世间千姿百态,琳琅满目,唯有己心,最不可辜负。"我瞪着大大的眼睛,似懂非懂又觉得无比有道理,小鸡啄米般地点头。妈妈接着说:"如果你想要一个玩偶，远方就有许多的玩偶等着你挑选；如果你想要漂亮的裙子，远方就有无数的衣服等着你青睐；如果你想要游山玩水，远方就有江山如画美景如云；如果你想要创造很多的经济价值，远方就有你想要的公司和前程……远方，就是除了此时此地以外，在时间和空间上的无限延伸与无限可能。远方有的你可以欣赏，没有的你可以创造。你想要什么，什么就是你的远方，你付出的努力，就是你通往远方的旅程。"

"宝贝，那么你的远方，有什么呢？"妈妈拍拍我的肩，留下我一个人陷入沉思。

很小很小的时候，我常常坐在爸爸的肩膀上，爸爸握着我的双手，跑动起来，带我一起"飞"。我在他肩上，曾一本正经地说："爸爸，你辛苦了，等我长大了，一定要买个大大的飞机，带你们去很远很远的地方玩。"我记得当年爸爸脸上的惊喜与骄傲，以至于我如今想来却羞得面红耳赤。曾经的我，不是有那么明确的目标吗？我想要的不就是让爸爸妈妈以后能过上安逸富足的生活，希望他们幸福快乐吗？

加里宁曾说："有理想的、充满社会利益的、具有明确目的的生活是世界上最美好、最有意义的生活。"在明确了自己的目标和远方后，我不再迷惘于远方的山水与未知，不再枯燥于眼前的学业和生活。我发现,当我潜心于学习,原来初中的生活也可以这么美妙,在知识的海洋里遨游也是如此的快乐与享受。

某天,我正在奋笔疾书刷题的时候,妈妈轻轻来到我身边。我停下笔,疑惑地看看妈妈,她眨巴着扑闪发光的大眼睛,脸上是无尽的爱与期待。

"宝贝,你的远方,有什么啊?"妈妈问。

"有一个大大的城堡,里面住着爸爸妈妈和宝宝我。妈妈实现了自己的梦想,开了连锁公司,收留了许多无家可归的孩子;爸爸也实现了梦想,成为一代名医,救了好多好多病人。我开了好多好多学校,你收留的那些孩子,还有很多穷苦的孩子都可以免费过来读书哦……总之,我的远方就是可以和你们相互照顾又能各自实现自己的梦想。"

愿倾一生所有, 许你一世长宁

> "妈咪又低血糖了, 但是能来接你, 我好开心好幸福。"你不知道当我看着你这样舒心地笑, 我多想给你海誓山盟, 又怕最后岁月蹉跎一场空。
>
> ——题记

我喜欢你偏头微笑拉起我手时的温暖, 却不曾察觉你笑意里的疲累苦涩; 我喜欢你睡前俯身吻我额头的安逸, 却不曾嗅到你身上飘逸的阵阵药香; 我喜欢你抱着我宠我惹弟弟吃醋时内心的得意, 却不曾注意到你眼中一闪而过的痛心……

痒痒的, 一颗温热的泪留到嘴角, 不甜, 一丝丝咸, 一丝丝涩。

"宝贝, 走吧走吧, 我跟弟弟都准备好了。"妈妈极有耐心地邀请我。

"我不想去啊!"穿着笨熊款的家居服,顶着蓬松的鸡窝头,我眼皮都懒得抬一下,盯着课外书,漫不经心地说:"太麻烦了,又要换衣服之类的,你今天哪有时间?"似乎妈妈愣了一下,"没关系,有点空就陪你们呗。小孩子要亲近大自然,不然你哪一天又得问我,落花生是不是长在树上,熟了从树上落下来就叫落花生了。"妈妈随即又温和耐心地说:"我们等你。"我抬起头,极不耐烦地看了看妈妈,什么都没说,继续看书。有意无意地,妈妈那平静的脸慢慢地在聚拢焦急:"大宝你到底什么意思嘛?"妈妈似乎有点忍无可忍了,"我好不容易有点时间,就是想带你和弟弟出去走走嘛,今天我们就一起去摘草莓啦!你整天窝在家里像什么话!"像什么话?我冷"哼"一声,离开书房,走进卧室,"砰"地一声关上了门。我像什么话?!你永远不会知道,被单位一个电话就能随时喊走的陪伴,得而复失的感觉,是一种怎样蚀心的痛!

关在屋子里,虽然心里诸多埋怨,但我还是情不自禁地梳洗换衣,我渴望妈妈带着我和弟弟在一起玩耍的画面,那一张张早就在我脑海中幻化了千万遍的画面,短暂亦美好。

我在等,贴着门竖起耳朵听。半晌,母亲类似恳求的声音响起:"去吧,好吗?我只想多陪陪你。"我无法想象一向女强人的妈妈会如此柔软脆弱,诚恳到近乎虔诚,以至于瞬间感动得我拉开门,一股脑扑进她的怀中。母亲的体香淡淡而温馨。

弟弟毫不安分地在车后座玩闹,我瞟一眼妈妈脸上轻松的笑,也无比开心。突然,嘹亮的手机铃声响起,我瞬间笑容凝固,脸色铁青,不谙世事的弟弟兴奋地从妈妈包里拿出手机,嘿嘿笑道:"电话,妈咪,电话!"我一声不响地望着车窗外的草莓田,心情跌落到深渊。心想:走吧走吧,眼看就到了,又得打道回府!令我吃惊的是,电话铃声戛然而止,交谈声却迟迟未响起,扭过头,看到妈妈笑颜如花地看着我,丹唇轻启道:"我今天下午休息,早早把工作安排了,这只是一个阿姨打来的电话,不接不接。今天就陪宝贝们。"正说着话,车子在停车坪上停了下来:"宝贝们,草莓地到了!"

风和日丽,鸟语花香,每个人的嘴角都开心地扬起了 30度的微笑。

进入草莓棚中,一股香甜浓郁的奶油草莓香扑鼻而来,我深吸一口气,顿时神清气爽,幸福爆棚。一句"若脱笼之鹄"刚好形容我此刻的美好心情。我拎着篮子一边哼着小曲一边细细挑选自己相中的草莓。妈妈呢,正小心翼翼地扶着弟弟在草莓地旁行走观察。弟弟时不时蹲下来,小心翼翼地抚摸着草莓,水汪汪的大眼睛中装满了好奇和惊喜。我与妈妈相视一笑,彼此心照不宣地体会着这难得的轻松和幸福时光。

过了一会儿,"噪音"又响起,那么的不合时宜,却见妈妈看了下来电显示便迅速挂掉。"没事,我想把这个下午留给可爱的宝贝们!"弟弟似乎听懂了什么,不停地手舞足蹈,懵懵可爱。

可惜,就在天鹅轻舞飞扬飘向天际时,伴随着沉重冗长的钢琴伴奏曲,来自地狱的魔爪又将它重新拽回"牢笼"。电话铃声响个不停,我期盼妈妈再次挂掉电话。妈妈望望我,在我充满期望的目光下,仍然还是选择了抱着弟弟到旁边去接电话。当她再次回来时,面色略带凝重,她叹口气缓缓开口:"宝宝,我们再玩十分钟,好吗?"

我不说话,默默扯着草莓的叶子,用力地宣泄心里的怒火。妈妈轻轻来到我身边,灵活地摘下几颗草莓放进篮子,"多摘点草莓回家给宝宝们慢慢吃!"我一眼瞧见了妈妈手指头上红如血般的痕迹,不,就是血的痕迹!我迅速捧起妈妈的手,在看清它们的一瞬间,眼泪就如断了线的珠子,直往下掉——妈妈的十指两侧满是裂痕,我不禁一用力,血就渗了出来。那曾经是一双多么白嫩柔软的手,而现在却伤痕累累。血,血!我轻轻注视,抚摸着妈妈因对化学药品过敏却不得不每天消毒上百次而开裂的手,因对化工原料过敏却不得不为我们洗碗洗衣而开裂的手……像妈妈吻我那样，我轻轻吻着她，那般深情。我第一次尝到原来泪也有血的味道，好咸，好涩。

"走吧，走吧。"我胡乱用手擦擦眼泪，坚定地对妈妈说。

我知道，妈妈深爱着我们，但我同时也知道她是如此热爱执着于自己的事业，还有她那强烈的使命感与责任感。她是世界上最美的白衣天使，愿意去帮助别人。她严格慎独，即使对化学药物严重过敏，但查房时仍严格遵守卫生标准，对手消毒从不马虎。她是世界上最好的朋友、母亲，愿意为了给我和弟弟更好的生活而倾其所有。她可以从我出生开始天天为我洗澡抚触按摩到十个月，在我十多岁的时候还每晚帮我摸背；她可以用创可贴贴着开裂出血的手指，帮弟弟手洗衣裤，只为更干净些。如果可以，妈妈，你一定也很希望可以多陪陪家人吧；如果可以，你也一定向往时间自由，过有诗有书有情的日子吧……可是，现在的我，没有能力没有办法帮你如愿以偿。

你见我如此，宠爱地摸摸我的头，脸上满是内疚。

妈妈，你不要内疚，不要难过。只怪女儿还不够强大，还没有能力。

对我挚爱的母亲，我内心默默许诺："我愿倾一生所有，许你一世长宁！"

自然的心声

寒来暑往,四季更替;阴晴风雨,变幻莫测;日月轮转,时光如梭;兽吠虫鸣,流水花开……这万般美好皆出于自然。自然,用他的博爱与包容滋养着万物生长,而我们人类恰是芸芸众生中一抹别样的色彩。我们承受他狂躁时肆虐的电闪雷鸣,与他温情时共同聆听朵朵花开的声音。我们在地震海啸泥石流中深受其害,也防治荒漠以图改造自然;我们沐浴着阳光,倾听鸟儿歌唱,陶醉于谷物飘香,欢畅于诗歌芬芳。我们用语言用艺术描绘自然之美,努力倾听自然,了解自然,欣赏其至美,领悟其哲理,回赠其赞歌。

艳阳高照的日子,无论在车水马龙的大都市还是静谧秀美的乡村,除了辛勤劳动的交响曲,还有万物生长的奏乐。你听,树木在奋力地进行光合作用,泥土里的种子在拼命破壳发芽出土,小鸟在练习他们的大合唱,池塘的鱼儿排练着他们的舞蹈……大自然温和得如一位慈祥的母亲,看着他们热闹忙碌,心里满是欢喜。

随着夕阳西下,皎月徐徐升起。万籁俱寂的夜晚,老人在梦呓,孩子在磨牙,那如雷的鼾声应是劳累后的甜美酣睡。皓月当空,星星眨眼,柳枝轻舞,细叶呢喃,蛙鸣如歌,虫儿悉索,万物生发,悄然成长——听,一朵花开的声音!如无声寂静,又如波涛汹涌,那生命的力量来自于泥土和深深的根部,他悄无声息地在茎叶中蔓延,排山倒海般涌上花蕾,那朵朵花蕾在静静舒展、渐渐绽放——花朵露出了她美丽的笑颜,若干的花蕊睁大着眼睛,看着这新奇的世界,点点滴滴都是无限精彩!

当大自然心情郁闷的时候,他会阴云密布,风云激变;发起火来,电闪雷鸣,摄人心魄;伤心欲绝的时候,稀里哗啦一顿嚎哭。有些时候,他如忧郁的诗人,淅淅沥沥,绵延不断;有些时候,他如天真的小孩,一会儿哭得翻天覆地,一会儿又彩虹

高挂，艳霞满天；还有些时候，他如戏子的花脸，东边太阳西边
雨，一墙之隔两重天。最是那深秋的雾凇腊冬的雪，银装素裹、
白雪皑皑，千里冰封、万里雪飘，好一片白白净净的唯美世界！

上下五千年，中华儿女最是深沉涵养。他们赞美自然，聆
听自然，了解自然，从自然中悟出无数道理。三国魏人李康的
《运命论》中有"木秀于林，风必摧之；堆出于岸，流必湍之"的
经典之论。《菜根谭》里云："宠辱不惊，看庭前花开花落；去留
无意，望天上云卷云舒。"他们深谙月圆则缺，日中则移，花绚
则糜，水满则溢，不执着于执念，不困惑于圆满。老子《道德经》
里"飘风不终朝，骤雨不终日"，"天下莫柔弱于水，而攻坚强者
莫之能胜"，"草木之生也柔脆，其死也枯槁。故坚强者死之徒，
柔弱者生之徒"……从而衍生道法自然，自然而然的修身治国
平天下之大道。

古往今来，我们懂得了大自然的心声，听到了大自然的召
唤。我们热爱自然，拥抱自然，保护自然。从退耕还湖，植树造
林，污水整治，垃圾分类，到"环球同此凉热"，共同守护家园。
在充满生机、灵气与爱意的自然里，我们轻嗅着纯净的空气，
感受着无言之美，与自然合唱一首最美最和谐的赞歌！

最美的痕迹

———

你听,诗人深沉地感叹道:"沉舟侧畔千帆过,病树前头万木春。""海日生残夜,江春入旧年。""哀吾生之须臾,羡长江之无穷。"似乎确是新事物终将取代旧事物,人生如白驹过隙般短暂。但是,你看,这动人诗篇的美丽痕迹不就清晰留在了语文课本上吗?跨越千年,源远流长。每每吟诵它们,我便不由自主地联想翩翩——

有的痕迹随风散了,消失在历史长河中;美丽的痕迹随风起了,烙在了历史的扉页上。

荆轲刺秦的剑飞到了柱子上,留下了英勇大义的痕迹;樊哙闯帐的栅栏倒了,摆出了赤胆忠心的痕迹;孟子把不属于自

己的"鱼"舍弃,书写了舍生取义的痕迹;白居易浸湿的青衫,
印刻了琵琶语的痕迹……

若非"将相本无种,男儿当自强"的才华横溢,汪洙怎会
"神童"名远扬? 若非"蜀道难,难于上青天"的雄伟气魄,李白
岂有"诗仙"名垂青史?

自古留下美丽痕迹的人,他们要么有着令人赞不绝口的
才华,要么有着令人敬从心生的品格,穿越千年的今天,不亦
是如此吗?

他拆雷时常说:"你退后,让我来。"爆炸的硝烟散尽后,同
伴们只见到倒在队友身上的他和他直冒鲜血的双眼和双臂。
他为队友挡住了巨大的冲击, 把失去光明与双臂的痛苦留给
自己。如果不是一个英勇战士所具备的挺身而出的奉献精神,
他又怎会把一次次危险留给自己? 如果不是一个战友所具备
的舍己为人的高尚人格, 他又怎会在紧急关头挺身去做同伴
的人肉盾牌? 正是因为他令人敬从心生的品格,才被人们铭记
于心,成为历史年轮中最美的痕迹。他就是 2018 年感动中国
年度人物——杜国富。其美多吉作为青藏高原上的中国邮政
快递员,他二三十年来几遭雪崩,遇抢劫时为了保护货物与坏
人拼死相搏,他是平凡的,也是伟大的,他的坚守与勇敢,感动

了中国。张玉滚拼尽全力读书,梦想走出大山,大学毕业后,却心系家乡,立志教育兴农,回村教书,一干就是 17 年。17 年的光阴奉献给了讲堂,17 年的努力以送孩子走出大山为自己的梦想,他扎根深山,风雪担书的无私与坚守,感动了中国。王继才夫妇,坚守祖国孤岛,错过了儿子的童年,无法参加女儿的婚礼,终身奉献给了祖国的疆土,爱党爱国无私奉献的他们,感动了中国!

这样无私奉献、坚守信念、舍己为人的人,将被永远刻在历史的书卷里,留下最美的痕迹。我们看过的《最美中国》,就是历史的记忆,岁月的痕迹。

反观现在一些青少年,不顾父母师长苦口婆心的劝导,他们吸烟、早恋,沉迷于游戏……这些快感就如虚无的云烟,太阳升起,微风吹过,并不留下任何痕迹。作为旁观者,我深感遗憾。

司马迁曾说:"人固有一死,或重于泰山,或轻于鸿毛。"重于泰山的人便留下了最美的痕迹,为社会有所贡献的人将留下最美的痕迹!

留下美丽痕迹的人生,要么有着令人赞不绝口的才华,要么有着令人敬从心生的品格,能穿越千年后的明天,抵达更远的远方。

拂不去的鼎山情怀

　　"杨柳散和风,青山澹吾虑。"站在山顶,放眼望去,山峦叠翠,蜿蜒绵长,触目所及的苍翠茂密直到远方,消散在如烟似雾的天际。

　　300多米的海拔并不算高,但足以成为祁东人民攀爬休闲娱乐的美好之地。往下望去,整个县城尽收眼底。从东向西,高楼林立,蓝皮屋顶与青山蓝天相映,应是这片土地上最有特色的点缀。

　　倚在山顶的小凉亭旁,思绪不由飘向十多年以前……

"外东,这在哪里呀?"我只一遍遍把"外公"当"外东"叫。

"这嘛,鼎山。"其他人一遍遍想纠正我读音,但我的"外东",他从不介意。也许他也是像我这样想的,世界上有那么多的"外公",但"外东"就是我的外公。

"鼎山在哪里呀?"孩子总是喜欢刨根问底儿。

"在祁东。"

"为什么叫祁东啊?"那时的我才三四岁,问题特别多。

"祁东因县城在祁山之东而得名。东西狭长,北高南低。"是的,那时的祁东县城宛如一条丝带,从东到西一条街,街两旁林立的房屋仿佛丝带两边的华美坠子。五角钱的街车几分钟的时间从戏园子到中心市场就能把祁东大街逛完。

我们最爱的还是这鼎山。那个时候,外公的肩膀还格外宽广,一如这青山,他毫不费力地背起我,登上鼎山山顶。一路上有凉亭,还有用实木搭制的吊杆棚子等。我们偶尔会停下玩玩,运动一下,最喜欢的还是让外公背着我,一边爬山一边讲祁东的故事。外公说祁东人才辈出,在蜀汉时出过丞相(后来我知道了丞相蒋琬),现任有将军上将、少将等;外公给我讲归阳状元桥上那个仙人登天时留下"仙人脚"的传说,讲"一脚踏三市五县"四明山的美景;讲黄老五麻子古怪精灵,还有渔鼓戏文的经典段落……在外公的故事里,祁东就是有着无穷尽的美景、美食、美事的地方,而我,就是被背在外公的肩膀上登鼎山,听着祁东的故事慢慢长大的小女孩。

十多年过去,那个最爱撒娇的小女孩如今已是在知识的海洋里遨游、为理想而奋斗的高二学子。我们的大祁东也发生了翻天覆地的大变化。人民生活安居乐业,傍晚时分随处可见成群结队的广场舞大妈们载歌载舞;高楼大厦群楼林立,从老城区到新高铁站,纵横交错的马路四通八达;黄花菜酥脆枣已名扬全国,渔鼓戏成为了国家非物质文化遗产;玉合广场可以停飞机,为抢救患者生命,直升机在这里上演"生死时速";烈士公园前面,每到重要日子各单位团体就会敬献鲜花,纪念英雄,缅怀历史。最有意思的还是数这鼎山公园,每天凌晨四五点钟,早起的人们便聊着天、唱着歌开始爬山了。爬到半山腰,敞开嗓子一声吆喝,就是"喊山"了,山脚下或山顶上的人听到了,也不管认不认识,敞开嗓子大喊"啊——喂——"的来呼应。再稍晚一点,唱歌的人们,吹箫、笛、萨克斯,拉二胡,唱渔鼓的人们陆陆续续爬山了,找个平地,在树木之中,开始了他们的练习演奏,喜得鸟儿们扑腾翅膀,成群起舞。

外公有多爱这鼎山,我就也有多爱这鼎山。如今外公年岁已大，腿部受过伤，爬山次数大大少于以前。而我，每次漫步在山间，就不禁想到外公，想到他望向这葱郁树叶时眼中闪烁的光亮，想起他似乎永远也讲不完的祁东故事。我曾不解那眸中流星的出处，而如今，我慢慢懂得了他对于这片土地的热爱。

这苍翠的山峰，倦意就淡在清风里。春风像老朋友，温柔撩起我耳畔的发梢；青山张开臂膀，用他的博大作我疲惫心灵的港湾。再放眼望去，山的那头还是山，天的尽头还是天。年年岁岁，人们用双脚丈量着这片挚爱的土地，恰似那心路漫漫；人们用努力追求着人生的成就与境界，一如这大山般的情怀。

爱着这片山，更爱着脚下这片土地！

02

小

小

说

半夏浮生

——

半夏的母亲在她五岁时就去世了,在半夏上寄宿初中后,听说父亲一下收养了两个流浪的孩子。

那年夏天,半夏期末考试结束,回到家中,本想好好与父亲叙叙旧,再与新来的两个孩子好好相处,不料一打开房门,映入眼帘的竟是这样一幕——

一个面部严重烧伤的小女孩紧紧抱着半夏最爱的玩偶,一会儿在地上爬来爬去,一会儿把玩偶拖来拖去,见到半夏时,用一双水汪汪的大眼睛凝视着她,那面黄肌瘦、满脸疤痕的神态,犹如沟壑满满的大西北、荒芜的黄土地里嵌了一对会闪光的黑贝壳。另一个小男孩长相平平,面无表情地拿着她小时候最爱的小卡车丢来丢去。两人就那么直勾勾地盯着半夏,陌生的注视让半夏的心情一下子变得非常不爽,她没好气地说:"看什么看啊?"

半夏的父亲从厨房里走出来,看见半夏回来了,极为高兴。他双手在围裙上擦了擦,对女孩和男孩说:"半秋、半冬,过来,这是姐姐半夏。"

名叫半秋的女孩甜甜地叫了声"半夏姐姐",然后甜甜地笑了。但是,在半夏看来,她那萎缩的面部肌肉一下子像拧麻花一样变得更加狰狞。她心中多有怒火,更多嫌弃,却极力忍住,心不在焉地应了声"嗯"。男孩半冬面无表情对着半夏,一句话也没说,只是点了点头。

半夏再也憋不住地埋怨道:"一个这么丑,一个这么没礼貌!爸,你到底闹哪一曲啊?!"

一听这话,半秋用几近哀求的目光盯着夏爸,仿佛在说千万不要抛弃我。半冬则紧握拳头,垂下了头。

夏爸一下子变得非常严肃,他上前一步,蹲下来,紧紧抱住了半秋半冬,对半夏说:"他们进了我们的家,就是我的孩子,也许并不完美,但我们要像爱家人一样爱护他们。"

"啧",半夏眼眶有点湿润,却不再多说,捡起地上的玩偶和汽车,走进自己的卧室。她听到夏爸在安慰半秋与半冬:"姐姐也还小,不懂事,你们不要跟她计较,她肯定会喜欢你们的。乖！"

半夏的眼泪瞬间就掉了下来,她"哐"地关上房门,倒在床上痛哭。她的父亲,那曾经是她一个人的父亲,如今却成了别人的父亲,对别人的孩子那么好,还是那么丑陋的孩子……

天灰蒙蒙的,似乎笼罩着无限忧伤。盛夏的风雨总是这样说来就来,伴随着"轰隆隆"的电闪雷鸣,似乎是不祥之兆。

半夏有点哭累了,她知道自己改变不了什么,只得慢慢接受罢了。她擦干眼角的泪水,打开卧室门,看到愁眉不展的夏爸正在客厅里,故作轻松地陪着半秋半冬看无声的动画片,也许夏爸只想听听半夏锁在屋里的动静。半夏艰难地、弱弱地叫了声"爸""弟弟""妹妹",此语一出,不光是她自己,夏爸、半秋、半冬都感到有些吃惊,但随后大家相视一笑,气氛瞬间好了不少。

半夏走进卫生间,反锁门,她想好好洗个脸,冷静一下,用一个乐观的姿态来面对这两个多余的家庭新成员。但她做梦也没想到,伴随着雷声,洗手池在晃动,吊灯在晃动,地面开始剧烈地晃动——

地震了!

她慌乱地扭动门闩,想夺门而逃,却怎么也拧不开,左拧右拧,手脚开始发抖,晃动的房子似乎立刻就要倾倒崩塌。突然门打开了,是父亲踢开了卫生间的门,他一手拉着半冬一手拉着半秋,一边往外冲一边喊:"快出来,往外跑!"半夏紧跟着往外冲,突然,客厅的水晶灯从房顶砸到她跟前,差点落到她头上。她慌乱地后退几步,只见客厅中间的地板已经裂开,房子晃动得更厉害,屋顶上的泥沙粉灰纷纷往下掉落。客厅地板的裂缝越来越大,半夏吓得退到了墙边,尖叫着"爸爸,爸爸",然而已跑到门口边的夏爸咬住牙,像没听她的叫声一样,两手抱起半秋半冬飞奔了出去。

她不敢置信,但是没有时间思考。她迅速跑回洗手间,躲在柱子的墙角,无助、害怕、憎恨、悼恐……来不及哭泣,天旋地转之后,她失去了知觉。

不知过了多久,刺眼的日光透过废墟的缝隙,她听到了父亲几近嘶哑的呼唤。半夏努力瞪大眼睛,呼喊着"爸爸",可是她试了几次,那声音几乎连自己都听不到。她使劲全身力气,在心里大声地喊道"爸！爸！我在这里！"她不知道爸爸有没听到，感觉自己越来越虚弱，世界离自己越来越远。

约莫十分钟，又似乎长达一个世纪，压在她身上的砖头水泥被移开了，夏爸看到了双脚被水泥板块压住的血糊糊的半夏。半夏似乎迷迷糊糊地看到了夏爸血淋淋的双手，听到了夏爸欣喜若狂的呼喊声："找到了！找到了！"

膝盖以下被截肢的半夏终于能理解面部烧伤的半秋，面瘫且哑的半冬，理解他们的艰难、不易和勇敢。她无比后悔自己对他们的讽刺，同时无比愧疚地接受来自他们的鼓励、安慰和爱护。他们陪半夏度过了那个最苦涩的夏季。

某个黄昏，她望着夕阳下的父亲，以及远处无垠的天空和广袤的大地，想到：天空收容了每一片云彩，不论其美丑，所以天空宽广无边；大地拥抱每一寸土地，不论其贫瘠富饶，所以大地广袤无垠；流水渗透万物不折不挠，最终汇聚大海；人生，千姿百态福祸难料，终究走过一生。

半夏从心底里感谢对她不离不弃的家人，陪她走过她的浮生。

浮忆如云

———

一、少年徒悲伤

浮忆的心跳随着女孩跳动的步伐,加速、加速。

真是开朗可爱的女孩子啊。精致的马尾辫,不太乖巧地随着她轻快的步伐跳动,安然躺在头上的蝴蝶发夹,玲珑至美,散发出甜蜜的气息,更显她的红润动人。从哪一刻起,被她深深吸引的呢? 少年的脸,不可控制的红了。

这个 14 岁的羞涩少年,便有了众人皆知的"秘密",每天放学,都会静静地跟在女孩身后,直至目送她回到家。

天空不知何时泛起了灰尘, 小镇里那一向纯白蔚蓝的天空竟也开始变得灰暗。

女孩今天格外开心，左蹦右跳，恨不得把马尾辫甩到天上似的。"叮"，细小的声音响起，女孩顿了下脚步，却并没在意。浮忆快步走上前，捡起那个梦幻色彩的发夹，眼中便有了希冀明亮的流星划过。他将它紧紧握在手心，快速追上女孩，一把拉住她，道："你……你的发夹……"

"哦？"女孩回头，甩开男孩的手，冷淡地问，"怎么了？！"

浮忆没注意到女孩清冷的声调，此时他已羞红了脸，将握在手心中的发夹郑重其事地双手递给女孩。女孩"啧"了一声，头也不回地走了，轻飘飘的话语中透露着轻蔑与高傲："不要了，送你。"

少年抬头，定定望着女孩渐行渐远的身影。不明白，我不明白，为什么她连多一个回眸也不愿给我，那样轻蔑、不耐烦的神态，是我做错什么了吗？

没有半点防备，"轰隆隆"的雷雨就直霹浮忆的心田，豆大的雨珠打在浮忆脸上，浮忆也不躲，满目空洞。

曾经阳光潇洒的少年，自从心中萌发一颗心动的种子，就进入了一个卑微的迷宫，而现在，少年迷路了。

庄生晓梦迷蝴蝶，少年徒伤悲。

二、少年莫悲伤

踱步到一条小道上，浮忆的步子变得急促，一种急切想回家沉沉睡去的疲惫感涌上心头。

"唔。"浮忆的头撞上了一个柔软的后背，一瞬间栀子花的清甜透入鼻尖。如果说初恋似一朵明艳的丽格海棠，眼前的这一刻，则如梦如云。一个花季少女落寞的深情让他不免觉得同病相怜，顿生怜惜。

"你……你没事吧？"浮忆不好意思地问。少女转头，报以微笑，略带沙哑的嗓音有着一般女孩没有的磁性动听："没事，谢谢关心。"

习惯了女孩的无视，眼前这位恬淡少女的礼貌让浮忆的心猛然停拍。半晌，他轻轻地说："无论怎样都要向前看啊，如果你感觉伤心，会有更多的在乎你的人为你难过呢。"言语中，是不属于这个年纪的少年老成。

少女抬起头，直勾勾地盯了浮忆一会儿，她突然呵呵地笑出了声。浮忆略有气愤地问："你也觉得我很可笑，是吗？"

"不！"少女摇头，"不是你可笑，而是你的行为很可爱。明明连自己的情感问题都解决不了，还来安慰别人。谢谢你。"对视的一瞬间,少女星眸闪烁。

浮忆一愣。

"少年莫悲伤,"少女道,"你好,我叫如云。"

如云、如云。

少女的肌肤如春日花蕾般细腻,清澈见底的双眸点缀着如画容颜。如云伸出手,浮忆腼腆地伸出手来与她握手。

长亭外,古道边,芳草碧连天。

深吸一口气,浮忆看向如云,如云正闭上双眼,张开双臂,微风吹过她的头发,肆意地扬起她青春洋溢的发丝,她开怀拥抱,拥抱着如风的季节,拥抱着大自然的淳美。他仿佛通过如云望见了一束光辉,引领他努力走出这个他一直看不到出口的迷宫。

浮忆如痴如醉地看着这如画一般的人,身边诗意的景,他拿出随身携带的纸和笔,以一种极快的速度,用笔在纸上飞舞着,渐入佳境。

待浮忆的笔停下来,他发现如云正用一种崇拜的眼光看着他,说:"想不到嘛,你画画这么好,是要成为一个画家吗?"

画家!

浮忆的心猛地一颤,从很小的时候,他就有一个当画家的梦想,奈何没有系统地学习,他自学成才,画得还不错,家人也是只有母亲不反对他,偶尔兴趣所致,把画画当作消遣,后来喜欢上女孩,每天花一个小时送她回家,浮忆哪还有时间去画画?

可是,热爱是一份心底的执念,执念若放,于他,天地又有什么意义呢?

如云似乎是看出浮忆的纠结,她扭头凝视浮忆,一本正经地说:"新泉与旧水不可兼得;玫瑰与蔷薇不可兼收。少年,听过这样一句话吗——你的眼睛会发光,不适合忧伤,未来的路很长,你要挺直胸膛。"

静默中,有笙歌自浮华之外传来。曲终人未散。

三、浮忆如云

某个夏日的午后。阳光正好,微风不躁。

清风袭来,世界知名画家浮忆的画室中,一本敞开的画册在风的翻阅下,一页页闪过的都是同一个长发飘飘,容颜如画、气质如云的女子。

浮忆关上画册,走出画室。

那本静静躺在桌上的画册,封面上有四个醒目的大字——

浮忆如云。

上帝的礼物

苏菲形貌娇美,杰克身家富裕,彼德是体育天才……

大家似乎打从娘胎里就带着上帝丰厚美好的礼物而来:容貌、家境、天赋等等,而这些,汉斯都没有。

汉斯家境贫寒,相貌平平,才识一般,最吸引人的反而是他那一对大门牙,有大拇指甲那般大,因此常常受到嘲笑。而每当别人嘲笑他的大门牙时,汉斯总会灿烂地笑笑,露出两颗大门牙。

一场疫病悄无声息地侵入了汉斯所在的小镇,汉斯学校好多人都患上怪症,苏菲、杰克、彼得和汉斯也无一幸免。

苏菲患上疫病后,开始没日没夜地掉头发,脸色越发苍白,双眼深深下凹。由于药物治疗,苏菲开始出现怪现象,身体浮肿、肉下垂等,原本美若天仙的苏菲怎么经得起这样的变故和折磨?她一夜吞下整瓶安眠药,离开了人世。

杰克的父母心急如焚,不肯接受只让政府派来的医生诊治,他们从外地请来各路名医,各种治疗措施应接不暇,开销巨大。杰克倍感心痛,加上治疗上的各种肉体痛苦,从小养尊处优被宠上天的杰克不堪重负,精神崩溃,也撒手人寰。

彼德的父母听说了苏菲和杰克的事,将药物等都收得远远的,彼德看似脱离了危险,可他心中无比担忧自己的双腿。他是那样热爱弈跑,他的双腿为他带来了无比的自豪和崇高的荣誉。可现实终究是残酷的,当医生告知他父母如果病情反复将有可能要截肢时,他狂哭狂笑,疯疯癫癫地跑出了病房,从此街头就多了一个奔跑着谩骂着哭笑无常的疯人儿。

汉斯的病情最严重,他家境贫寒,只能在政府指定的医院接受免费救治。但他的父母时时陪伴在他身边,与汉斯一起读书,一起唱歌玩耍,汉斯每天都会对身边的人灿烂地笑,露出可爱的大门牙。他不仅自己坚强乐观,还天天安慰身边的人:

"一切都会好起来的!"医生护士们都喜欢这个乐观的少年,尽心尽力地帮助他。渐渐地,汉斯的病情好转,情况和他本人一样,很乐观。

出院的那一天,汉斯的父母情不自禁地感叹道:"其实,上帝早已给了你最好的礼物,那就是乐观向上的人生态度和百折不挠的抗争精神!"

续写《清兵卫和葫芦》

没有了葫芦，清兵卫只寄情于绘画。然而他最爱的，是坐在窗前发一会儿呆，再在纸上一笔一画勾勒出一个个葫芦的模样。

清兵卫心中永远有一个坎，过不去的坎。

"小朋友，这儿的葫芦有什么好画的？"一个陌生的声音问。

清兵卫头也不抬，站在卖葫芦的铺子前毫不理会地专注于绘画。他能感觉到男人的目光，高傲、不屑，这让他颇为不快。但他又立马回到画中。

"你……画的不是这里的葫芦。"清兵卫一落笔，便听到男

人的话传来。他皱皱眉,对于这个男人,他可没有什么好话说:
"你怎么还在这?!"

　　男人此时显然被画中的葫芦吸引了,这么漂亮的葫芦,
恐怕也只能在画中见到。"真好看,但恐怕并不存在这样的好
葫芦!"

　　"谁说的,我以前就有一个这样的葫芦!这葫芦口边上还
有我不小心擦出的划痕!"

　　划痕?男人脑海中浮现那日去王富商家参观葫芦的情景,
那样精致的葫芦也是有一道划痕的。不过,这显然是个巧合。

　　"呵呵,你觉得马琴葫芦怎么样?"

　　清兵卫觉得男子特地加重了"马琴葫芦"的读音,他想到
那日父亲的呵斥,愤怒地说:"老实说,马琴葫芦真不怎么样,
不过就是大点罢了,没什么好看的,真正的好葫芦不论大小,
他的气味会……"

　　男子的眼中闪烁着不可思议的光芒。他怎么也想不到,这
样特别的鉴美水平,敏锐的察觉能力竟然是从一个小孩的口
中娓娓道出的。他不愿承认,但不得不承认,眼前的这个小男
孩在葫芦鉴赏方面的天分非常人所能及,这于富商的要求基
本吻合。

"你这么厉害,带我去挑挑葫芦,若能挑到我满意的,我用
10 元作为你的报酬。"

清兵卫想到自己一直想买的那套颜料的价格——6 元,便
毫不犹豫地答应了,但他马上补充:"挑不挑得到,要看运气。"

男子点头,没有反对。

一路上,清兵卫和男子竟一路投缘地谈起了葫芦,清兵卫
还知道了,这个男人叫王今。

没有一点点征兆,只一眼,他就敏锐地发现了一个不凡的
葫芦。在众多普通的葫芦中,它周正圆润,似乎闪耀着金光,一
眼就吸引了清兵卫。

"噫,那个!"清兵卫迅速地走到一个葫芦摊前,轻轻取下
了那个不同寻常的葫芦,双手捧到王今的面前。王今顿时眼中
迸发出惊奇、喜悦、赞叹的光芒,他激动地夺过清兵卫手中的
葫芦,大赞道:"好!好!"说罢,他甩出 10 元给清兵卫,头也不
回地大步离开,生怕清兵卫反悔。事实上,清兵卫真的后悔了,
多好的葫芦啊,却被他带走了。他看看手中崭新的钞票,心中
却空荡荡的。

清兵卫没有去买颜料,他把钱慎重地藏了起来。他自己也
不知道为什么要这么做,好像哪天还可以再买葫芦一样。想到

这,清兵卫目光一暗。

再说那王今,紧紧地把葫芦抱在怀中,大步走到僻静的地方,他打通了王富商的电话——

"哟,马琴,这么快就找到了让我满意的葫芦? 你可别再整什么大葫芦出来了,那样的逗逗门外汉还勉强。"电话那头传来了嬉笑。

王今,不,马琴此刻脸色发青。他十指握拳,狠狠地,几乎扎进肉里,却竭力放平声调:"王老板放心!"

这个看似平静的一天,却让一个小人物变成了名利双收的大红人。第二天,各大新闻头条报道:"马琴葫芦,天之杰作""富商 1000 元买马琴葫芦""各大富商竞相预定马琴葫芦"……

"瞧瞧,这才叫葫芦,真是好看!"父亲指着报纸上精致不凡而质朴周正的葫芦赞美道。

"葫芦"二字牵动着清兵卫的心弦,他不由自主地悄悄走到父亲身后,这一眼,让清兵卫"啊"的叫出声来!

"王今……马琴! 这是我选的葫芦!"

父亲狠狠地瞪了一眼:"瞎说! 你又买葫芦了?! 没出息的东西!"

"这是我挑出来的葫芦！"

"住嘴！"父亲呵斥，"小孩子懂什么?！写作业去！！"

清兵卫脸色发青，半晌，他小心翼翼地说："我还要葫芦！"

"什么?！"

"我要买葫芦！你说吧，要怎样才能买？"这一次，他问得坚定、有力。他不想再忍了。他忍不了，他明明应该得到肯定、欣赏！

父亲一愣，显然没想到清兵卫说得这么铿锵有力。他思索一下，说："等你考到了第一名再说。"

清兵卫握紧拳头，心里暗暗发誓："我一定要考到第一名，然后大摇大摆地将那个葫芦带回来！"

第一年，清兵卫由年级倒数第九名考到了年级第五十名。马琴名声大噪。

第二年，清兵卫考到了年级第三十名。马琴名声不如从前。

第三年，清兵卫考到了年级前十名。马琴的葫芦卖不出去。

第四年，清兵卫夺得了第一名。"马琴？哦，好像以前听过。"人们如是说。

在四年的磨合中，清兵卫与"学习"也成为了好朋友，他开始体会到学习的乐趣，并常常沉醉其中。偶尔在夜深人静的时候,他会轻轻用笔勾出一个周正的葫芦,片刻,又更加努力地学习。

父亲看着手中的成绩单,欣喜地点头,清兵卫看着父亲骤然舒展的眉头,心痛突然涌上心头,他认真地说:"爸,葫芦不会再影响我的学习。"

"你……"父亲一下子又皱起了眉头,半晌,想起什么似的,叹了一口气,"最好记住你今天说的话!"

清兵卫拿着那张泛黄的 10 元走出家门,直奔都市中心。也许是冥冥之中的指引吧,他听到一个声音在告诉自己——去,就在这个时候去,不多一分钟,不少一分钟,就在这个时候。

于是,他刚跑到市中心,来不及喘一口气就看到了那个自称"王今"的男子,如今只是摆了个地摊大声叫卖:"马琴葫芦!最具收藏价值的马琴葫芦!便宜卖啰,便宜卖啰!"周围的人陆续被他的叫卖声吸引,但看了看摊上的葫芦,又陆续走开了。

"多少钱一个?"

"10 元一个。"他一边摆弄地摊上整齐的葫芦,一边欣喜地说。

"我要那个!"没有一点点征兆,只一眼,他就敏锐地发现了一个不凡的葫芦。在众多普通的葫芦中,它周正圆润,似乎闪耀着金光,那个当年他一眼看中的,葫芦口有着特殊弧度的葫芦。

"好嘞!"马琴兴高采烈地接过清兵卫递过来的 10 元,双手捧上了清兵卫看中的那个葫芦。

马琴显然不认得自己了。是啊,怎么会记得呢？一面之缘的人。清兵卫嘲讽地笑笑:"你就是那个四年前一个葫芦售价 1000 元的人？""是啊！马琴葫芦声名远扬！"那股得意顿时使马琴回到了当年的风光和荣耀,他高昂地扬起了头。

"哦,那是你自己挑出的葫芦吗？"

面对这般直勾勾的眼神,马琴的思绪一下子回到了那个下午。他本能地惊奇一叫,但马上又憋住,哀求地说:"不要说出来,不要说出来……"

清兵卫摇摇头说:"没什么好说的,你已经付出了你的代价,一个葫芦 1000 元的售价,让马琴真以为自己有多厉害,陆续进货了几大卡车的马琴葫芦,结果也可想而知了吧？"

马琴本来就没什么实才,对葫芦的审美和辨识也确实一般般,他又怎能料到,年复一年的新葫芦老葫芦在市场周转流通,最美的葫芦只有真正懂得鉴赏的人才配拥有！

清兵卫带走了他心仪的葫芦！

03

诗

歌

敏 感

是不是她太开朗了

才让你觉得可以肆意伤害

怎么难听怎么说

怎么痛苦怎么来

其实她本来可以掀桌子还击回去

再冷眼嗤笑

凭什么要她默默忍耐

你可知道,这个女孩——

喜欢独自在几抹斜阳下慢跑

喜欢端坐在复杂的琴谱前微笑

能在父母面前撒娇讨拥抱

会在不加糖的核桃糊里拌豆角

——她远比你所知道的更阳光灿烂

你所看到的

不过是她不成熟又愚蠢的处世之道

你可以厌恶　可以离开

但

请不要伤害

对你的善意与包容

也从来不是因为有多喜欢

而是希望

在这个大大世界里相遇的

小小的我们

同样被温柔以待

你也曾经历过人言可畏的苦果吧

所以

该说的　请你好好说

不该说的　请你不要伤害

那天阳光正好
——记浮生一梦,献给异世界的亲人

二

一夜之间,繁华事散逐香尘

仍记得那天,阳光正好

——题记

那天,阳光正好

你我人群中擦肩而过

我仍记得

旁若无人的一眼万年

那天,微风不躁

你我花海中相逢

我仍记得

绝壁逃生时你眸中满是慈爱和希望

终究是

黄粱一梦

梦醒

一场空

一夜

为你愁白了三千青丝

却仍打动不了时光

扭转不了既定前行的命运齿轮

苦于目送你渐行渐远

留一幅

未完整的画卷

今生

愿守你白发终老

伴你三寸天堂

来世

我愿倾一生富贵

许你一世长宁

我仍记得

那天阳光正好

那天微风不躁

那天,你还在

那天,我未老

沁园春·祁东

盛夏有约，

执友之手，

鼎山欣游。

享艳阳高照，

柳绿花红；

虫鸣蝶舞，

行者皆歌。

七月之后，

凯歌捷报,

奔走相告状元楼。

笑相顾,

问良辰美景;

昔日何忧?

十年寒窗志酬,

忆学海无涯苦泛舟。

恰青春年少,

壮志满怀;

闻鸡而读,

披月竞优。

书中金玉,

铸就蓝图,

金戈铁马,

梦想成真杏园筹!

题金榜,

登鼎山之巅,

尽揽风流!

俗人

吟再多的清高超尘　我终究一俗人

生于俗世　受于俗世　困于俗世

我并不怨生　父母予我生命　育我成人

我只盼鱼跃龙门　报以长宁一生

我并不怨受　社会磨我棱角　教我行事

我只盼不负历练　成其得意高徒

但

我不满于困

困于比较　困于盲从　困于不平

他原与我齐平　触手可及

课时刷题而不专听

考时疾笔而如有神

羡由心生　盲于效仿

不安彷徨　掩于心房

怕落后惭疚　便垂困挣扎

更见她貌若桃李　窈窕声清

志不在学而聪颖伶俐

性不在淑而讨人欢喜

禁自对比　困于不平

既仅予我清秀　又不允我长歌

愤从心起　无可奈何

好在　我终究一俗人

我生于俗世　受于俗世

有母勤奋智慧　有父敬业宽容

谆谆教诲　善我心智

以身作则　阔我心胸

有琴庄重典雅　有纸泼墨挥毫

黑白悦动　撩我心弦

竹香四溢　萦我心间

生于俗世　故拥抱于俗世

受于俗世　故汲华于俗世

俗人亦可不俗于世

做一俗人

04

书评及读后感

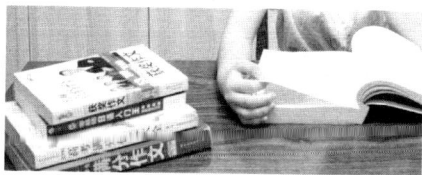

《傅雷家书》书评

——

近日,在母亲的推荐下,读了纳入到新课标本的《傅雷家书》。这本书为傅雷、朱梅馥、傅聪三人著,傅敏编,由译林出版社出版。

傅雷是我国著名的文学翻译家、文艺评论家。朱梅馥是傅雷的妻子,傅聪、傅敏的母亲。傅聪是傅雷的大儿子,1934年出生于上海,世界著名的钢琴演奏家,有"钢琴诗人"的美誉。傅敏是傅雷次子,傅聪的胞弟,选编家书三十五载,给我们全面展示了傅雷家风,展现了那个年代他们良好的家教背景及傅聪一路走向成功其背后父母亲的指导和牵挂。

查阅相关资料，傅雷家书应有 346 通，尚存 311 通，这新课标本共计 196 通。从傅聪出国留学到傅雷先生逝世，12 年间，平均每 12 天一通书信，12 年坚持不断！在那个信息不通畅的年代，这种关切和沟通频率，需要何等的毅力，又是怎样深厚伟大的父爱母爱才能坚持啊！

全书从 1954 年 1 月 17 日全家人从上海火车站送傅聪去北京准备出国，1 月 18 日晚到 19 日晚写第一封信开始，到 1966 年 8 月 12 日最后一封信（傅雷夫妇于 1966 年 9 月 3 日双双弃世），以时间为序，把书信往来的实际内容再现，通篇读来，能感受到傅雷先生对孩子的严格要求，殷切期望，谆谆教诲及无微不至的关心。"即使是傅聪这样的天纵之才，也是在傅雷夫妇的唠叨、说教中成长的，中国父母对子女的关爱和责任，就是以这种方式传达的。"这无疑是对本书最深刻的概括。本书同时也体现了傅雷先生的博学多才，他在义学艺术等方面的造诣、研究让人深感佩服。以至于母亲在推荐我读这本书时写下了这样一段话："作为父母，我远不及傅先生那般博学优秀……纵使我自己再努力，也不可能达到那种境界。我做不了最优秀的母亲，我就陪孩子读最优秀的父母的书和家信，与他们一起来培育我最爱的孩子……"

傅雷先生真是个博学多才、情感细腻的好父亲，他与孩子的书信交流中，精神上的爱与支持，学业上的指导与艺术探讨，为人处世的哲理与细节等方面均体现得淋漓尽致。

他了解自己的两个儿子，因人施教；他爱子深入骨髓，只想做孩子的影子，随时随地帮助和保护他们；他愿做孩子们的手杖，却绝不绊孩子们的脚；他把自己所有的知识、经验与心血，竭尽所能地给孩子们来作养料；他一再叮嘱孩子要户外活动，养好身体，常写书信……正如他说的"所谓骨肉之亲，所谓爱子情深，只有真爱子女的父母才能深切地体会其中的滋味"。

他在孩子学业上耐心指导，艺术涉及面广，有钢琴、诗词、书画、摄影等。让我印象极深的是，196 通信中，有 2 通信里提出纠正了傅聪先生写字的细节问题，可见傅雷先生对学术的严谨和讲究。他特别有敬业精神和学术精神，任何时候都没有忘却对学问的忠诚。他说："学问第一、艺术第一、真理第一，爱情第二，这是我至此为止没有变过的原则。"他时时刻刻提醒孩子格局要大，坚持艺术的原则和良心，严于律己，不负盛名，不负期望。书中很多次对钢琴的探讨，让我受益匪浅。我四岁多开始学钢琴,常得到表扬和肯定,除了过级考试和参加一些活动演出外,大多数时候我只是把钢琴当作兴趣爱好和陶冶情操的一种方式,直到读完本书,如醍醐灌顶,才明白原来艺术可以如此美好和高深,让我更加深刻地理解和热爱钢琴。"假如你能掀动听众的感情,使他们如醉如狂,哭笑无常,而你自己屹如泰山,像调度千军万马的大将军一样不动声色,那才是你最大的成功,才是到了艺术与人生的最高境界。"我想,这应该是每一个钢琴学习者和爱好者毕生追求的艺术境界!

傅雷先生在书信里还给孩子讲了很多为人处世的哲理与细节。比如在生活礼仪方面,大到演出外交,小到吃饭站立,一举一动都有规矩规范,事无巨细地叮嘱和强调。他要求孩子理解尊重他人;对长辈要常问候,常联系;对师长要心怀感恩,虚心学习,谦虚谨慎,不要给人误解为"忘恩负义";病从口入祸从口出,越是名人越要慎言。他和夫人给儿子媳妇写信,教导他们如何做日常安排和计划,如何用账簿理财,如何开源节流,如何处理夫妻关系,甚至怀孕时要控制体重,适当劳动……真是无微不至啊!

该书读完意犹未尽,又读了第二遍。这真是一本适合广大父母及青年人细读的一本好书!

遵从本心与家国天下

——读《亲爱的安德烈》后随笔

—

　　读《亲爱的安德烈》(龙应台、安德烈合著,广西师范大学出版社出版)一书,天知道我的心灵受到怎样的震荡和刺激。本来想给龙先生(准确的说应该是龙应台女士,只是她的读者都习惯称呼她为龙应台先生或龙先生)和安德烈先生写一封信,也谈谈我的十六岁,遵从本心与家国天下的情怀,但想想还是写上这篇随笔,算是与他们交流了吧。

　　龙先生出生于台湾。她的儿子安德烈先生也出生于台湾,8个月大移居瑞士、德国。可以想象中西文化差异,长期异地相隔,亲子感情及共同语言是很难建立的。通常的理解,就如龙先生所说的那样:"我们原本也可能在他十八岁那年, 就像水上的浮萍一样各自荡开,从此天涯淡泊……"但是,作为母亲的她努力与孩子沟通,努力去了解,努力培养感情,于是,他们成了无话不谈的坦诚的朋友。这种良好的亲子关系在"家庭亲情味"极浓的中国内地也是难能可贵的。

《亲爱的安德烈》被出版人概括为"两代共读的 36 封家书",与我读过的《傅雷家书》《曾国藩家书》风格截然不同。龙先生没有那种威严、叮嘱、谆谆教导式的沟通,她更多的是彼此独立个体间朋友式的尊重与推心置腹。他们谈种族与国家归属感,谈足球与民族自豪感,谈德国学生与香港学生的区别,谈酒吧、咖啡及各地的特色文化,谈民主、政府、个人的"独立宣言"等。所谈问题大到游行示威、政府决策,小到冰箱里的两袋牛奶今天过期和三天后过期,你会先喝哪一袋?开放到抽烟、喝酒,Sex;严谨到菩提树和椴树的诗歌意境,Kistch 与义艺的界别判断……

这种亲密信任、互相尊重、轻松随意却充满爱的母子关系是令我敬仰的,尤其是龙先生特别尊重孩子的独立个性和人权。

这些信写于 2004 年到 2007 年间，十多年过去后的今天，十六岁的我读到这本书依然有着很大的思想冲击，感悟到了完全不同的人生态度和生活理念。

我也想谈谈我的十六岁。

我的十六岁，在读高二。我的父母都是医务人员，永远把"敬畏生命"烙在我们的生活里。从我记忆懂事时起，他们要么在医院，要么在去医院的路上，要么就在读书和考试。母亲后来做了护理管理，不用上夜班，就多了些时间陪我们。我的母亲连电视开关都有时找不着（因为她很少很少看电视），但很支持我看新闻联播。在我吃饭的时候，她会打开"红星云""学习强国"，让我跟她一起听党课。记忆中，上幼儿园时，我和同学们上午读《三字经》《弟子规》，下午学《蒙氏数学》，晚上睡觉前妈妈则会给我讲《安徒生童话》；从一年级到九年级，我一面背唐诗宋词、文言文、国学，一面学马克思辩证唯物主义、学电脑信息学；到高中，网络充斥着整个社会，父母和老师给我们创造了一片净土，没收了手机，修改了家里电脑的密码，放假时要么一家子出去旅游，要么就是在家弹钢琴。母亲只要空下来，就会拉着我进书房一起读四书五经、女德及各种家书和名人传记。我也会与母亲讨论爱情，母亲就会告诉我说："用傅雷先生的话告诫你'学问第一、艺术第一、真理第一,爱情第二'。用我的经验告诉你:爱情就是青春荷尔蒙加肾上腺素导致的一系列生理反射及意识感觉,但是每个人都将用后半辈子为当初的爱情与婚姻买单,无关好坏,无关贫富,无一例外。"我们谈志同道合、谈子嗣绵延、谈家族传承……我们会在清明节祭拜祖先,在中元节供奉祖先。

下面列举的则是我们之间讨论热烈且难忘的几次话题。

一、谈高考的公平性

关于高考,是这几年社会上的热门话题。湖南、湖北的考生说压力大,录取分数线比其他省份高,北京的考生会说他们面临的是全国的竞争者,不论读书还是就业,压力更大。总之,大家都觉得对自己不公平。于是,我与母亲探讨。母亲说聊高考,必须先从封建社会的科举制度聊起。科举是从隋炀帝创立的进士科开始,到清朝光绪年间废除,在中国历史上存在了1300多年之久。科举以前,采用的是"世卿世禄"制,上品无寒门,下品尤士族,那才是个完完全全"拼爹"的年代。科举的创立,原意是"招天下之才"。后于唐朝逐步完善,有常科、制科,还有武举。尽管科举的产生有不少弊端，但不可否定的是为天下寒门学子开了一条入仕参政、报国效民之路。科举稳固了统治者的政权，同时促进了文学文化的繁荣。新中国成立后，高考制度的恢复，无论是农民工人之子还是富商高官之后，都可以通过高考进入大学学习深造。很多人争辩"寒门难出贵子""高考公平不公平"的问题，我想说的是：社会是在历史的基础上，螺旋曲折进步的，总的来说，高考是全天下学子最公平的事情之一。试想：除了高考，谁又能给出一个让全中国人民都觉得公平的选拔人才的方式呢？是世袭吗？还是举荐？——所以，我认为这是不公平的世界里最公平的游戏规则了。它也许存在些问题，但人民代表在发声、国家领导人在改革创新，作为二十一世纪的青少年，我们就应该认可并遵守游戏规则，拿出你自己的本领，想赢就去拼。终究，科学是尊重客观规律的，是严谨务实、实事求是的，科学选拔人才也应如此。

二、谈期望与爱

记得那是高一暑假的一个深夜，夜色静谧而温暖，我们同枕漫聊。聊到动情处,我情不自禁地含着泪水问母亲:"您每天工作那么忙,回到家又为我和弟弟时时处处操心。你那么辛苦地为我们,是不是对我们的期望特别高啊? 如果有一天,我达不到你们的期望,甚至还可能不如你和父亲般优秀,您会不会很失望很伤心?"母亲的回答令我终生难忘,她说:"无论你将来是走向政治文化的核心北京、走向世界,在某个领域中成名成才,还是只做了一名普通的社会工作者,抑或去了乡村种菜耕田,你都是我们最爱的孩子。你的身体里遗传的是我和你父亲的基因,流淌着我们的血液,血脉相连是永远改变不了的事实和割舍不掉的爱与关联,无关你的成就、地位和财富。但是,生命于每个人只有一次,我今天所有的努力和付出,是希望待我两鬓白发步履蹒跚再回忆当年给你们的教育和陪伴时,无怨无悔,尽心竭力,了无遗憾罢了;也希望你在自己年老时不后悔当初选择的路和度过的岁月,所以,希望你遵从本心,不负光阴,不负年华,念念不忘必有回响……"

无奋斗不青春嘛,生命里不仅有诗和远方,还有责任和担当——如果安德烈先生读到了这段,不知会不会认为很Kistch? 但我是感动的,是认同母亲的说法的。

三、谈学习与未来

高二的我在湖南省高考改革"3+1+2"模式实行的第一年，还是选择了传统的纯理科，从此可能就成了一名理工女。母亲说，女生学理科不具有先天优势。我承认，确实如此。但我想到的是,科技发展如此之快,不管你愿不愿意,我们都进入了网络和人工智能时代;2018年的冬天到2019年的夏天,我们几乎在雨季中度过,地球生态环境变化如此之大如此之快,总得有人前赴后继地走在探索的路上,为人类的未来而奋战。我相信科学改变人类的命运,从前是,现在是,将来更是。

好了，就写到这了。读完《亲爱的安德烈》,第一次写文章可以这样率性随意。这应是受龙先生和安德烈先生的影响吧。

《洛克菲勒写给儿子的 38 封信》读后感

—

最近读了《洛克菲勒写给儿子的 38 封信》（约翰·D·洛克菲勒著，梁珍珍译），感触颇多。

洛克菲勒先生出生于贫寒之家，他靠着自己伟大坚定的信念，自强不息的奋斗，卓越成功的经商，构建起了一个庞大的财富王国。他成功地创办了美孚石油公司，冠有"石油大王"之称，也是地球上首个亿万富翁。更难能可贵的是，在中国历史上许多富商巨贾都很难逃脱"富不过三代"的宿命，而洛克菲勒家族富过六代，至今仍然是世界上屈指可数的大财团之一。可见其不仅仅是事业有成,在家庭教育、家风建设方面更是大有建树。

小约翰·D·洛克菲勒是约翰·D·洛克菲勒四个子女中唯一的儿子(前面还有三个姐姐),38封信中,开头都是"亲爱的约翰",落笔都是"爱你的父亲",可见洛克菲勒先生对孩子一如既往的浓浓的爱。家书中,洛克菲勒先生在信念、品德、交友、经商、责任等方面给孩子陈述了很多有趣的典故、宝贵的经验和建议。

一、信念方面。洛克菲勒先生在38封信中大量地向小洛克菲勒先生灌输了他的信念。比如"不服输才会赢""要有竞争的决心""相信自己能做得更好""你也能成为大人物""冒险才有机会""勇于争第一"等等。无论是他清贫的儿时生活,还是那张没有他的小学班级毕业照(拍摄照片时因穿得寒酸被摄影师和老师请出了队伍),亦或是他求职、经商中经历的种种挫折,任何时候他都能坚持自己的梦想,坚持"总有一天,我要成为全世界最有钱的人"的信念,能化挫折为勇气、化侮辱为动力、化危机为转机,绝地出击,反败为胜。他说:"值得我们用一生去思考和追求的人生终极目标,便是成功。因此,任何时候都要保持正确而积极的信念。"是的,纵观古今中外，大凡成功的人都必定有着强大积极的信念、坚定必胜的决心、坚持不懈的毅力、忍辱负重的忍耐力、良好的策略策划与执行能力。信中举例托马斯·爱迪生在接受《纽约太阳报》采访时，一位年轻的记者问他对在发明的过程中经历过一万次的失败，有什么看法？爱迪生说："我并没有失败过一万次，而是发明了一万次行不通的方法。"由此可见，凡是百折不挠最终成功的人，都有乐观的态度和顽强的信念。林肯总统出身贫寒，竞选曾六次失败，但他不妥协不放弃，最后当选了美国总统。他发起了解放黑奴运动，缓解了种族仇恨，成为美国十九世纪最伟大的英雄人物。是的，我们每个人都是独一无二的，要认可自己的优点，时刻告诉自己"我比我想象中的还要优秀"，要一直坚守高远的目标，怀抱伟大的梦想，持续不断地奋斗，把每一次挫折都当成历练，当成通往成功之路的基石，相信我们也终究会成功的！

二、品德方面。老洛克菲勒先生是个勤劳勇敢、专注执着、忠诚直率、精明干练的人，他给孩子也传递着这些优良的品德与精神。他在信中以自己建业之初与合伙人克拉克的例子，向孩子很好地诠释了什么是忍耐——忍耐不是无原则的退让，而是控制和管理情绪，认真务实地做好眼前的事，时刻不忘记自己的目标,努力变不利为有利,忍耐是对个人性格和修养的一种磨炼,能激发人的好胜心,同时也大篇幅地强调了行动的重要性。比如"行动解决一切、决定一切,只有行动,才会有结果""人生的机会稍纵即逝,没有万事俱备这一说"。他是一个非常注重行动的人,他说:"我们的命运并不是完全由出身来决定的, 很多时候, 行动可以改变我们的命运。"事实上,在一次次的商海战术中,老洛克菲勒先生用敏锐的商业嗅觉,高效的策略行动,一次次置对手于措手不及之中,从而赢得胜利。老洛克菲勒还是一个非常懂得感恩和尊重他人的人。他对自己求职的第一家公司休伊特·塔特尔公司非常感恩,感恩那三年半的锻炼为他一生的事业打下了基础;他对曾经的贫穷、经历的挫折感恩;他感恩并尊重对手、有能力的人以及他的员工。虽然他本身有足够的资本自傲或自大(他在信中说后来的洛克菲勒毫不夸张地可以让人一夜暴富,也可以让人顷刻一无所有),但他还是很尊重自己的对手,哪怕被他打败,他依然能看到别人的优点,欣赏别人的长处。他与人交往,坦诚直率,因为诚实,赢得了更多人的认可。因此,当他遇到困难的时候,很多人都愿意帮助他渡过难关。

三、交友方面。他在信中告诫孩子不要和安于现状的人交朋友，不要和消极的人交朋友。他喜欢跟不向命运低头和妥协的人做朋友，跟乐观积极上进的人、高手做朋友。能量是可以传递的，跟积极上进的人和良师益友交往，就会被鼓励被支持，充满正能量，从而保持斗志，更容易成功。那些在商界、政府、军队中叱咤风云的人物，都是积极主动、踏实肯干的人。而与安于现状或消极的人在一起，也往往会令自己觉得"岁月静好"甚至怨声载道，而身边的人却在负重前行罢了。

四、经商与管理方面。好的管理者要有敏感的嗅觉、竞争的决心、明确的目标，运用资源策划运气，好胜的决心，冒险的勇气，良好的执行力，同时还要有合作精神。经商的过程中，老洛克菲勒先生始终能按照规矩和原则办事，力求在竞争中不断完善自身，越来越强大，并在不断地合作中实现获利和共赢。标准石油公司的管理是非常成功的，老洛克菲勒先生非常信任和尊重员工，他从不责难员工，并且知人善用，让员工做自己最喜欢做的事，发挥他们的潜能，让他们对自己对工作主动负责。高明的高层管理主要负责策略问题，并把事情交给合适的人去高效完成。

五、责任方面。老洛克菲勒先生说："财富属于意外之财，是勤奋工作的副产品。我们拥有的财富越多，肩上的责任也就越重。"马云先生也曾说："我今天有所谓的财富，根本不是我的，这是社会对我和我们公司的信任，买了我们的商品和服务。"财富积累到一定程度，就是社会的财富，有能力的人应该要更好地运用财富，积极建设我们的国家，使人民生活得更幸福。《孟子》曾说："穷则独善其身，达则兼济天下。"我们每个年轻人都应该抱着远大的理想，坚持不懈地走向成功，把回馈社会、帮助他人作为自己的一项义务和道德要求。

"我认为浪费生命，那就等于是作践自己，这世界上最糟糕透顶的事情就是自己作践自己。我也不认为生活的最终目的就是为了安逸和享乐，因为这在我看来是猪的理想。"我非常认同这一观念。如果有时间，我会再好好读读这本书的原著。

37℃的父爱

——《梁启超家书》读后感

初次知道《梁启超家书》，是源于和母亲聊天时的一句话："一门三院士，九子皆才俊。"该是多么优秀的家庭，才能把孩子培养得如此优秀啊？这引起了我莫大的兴趣和无限的遐思。

于是，从家中书房找来《梁启超家书》细读。这是由中国言实出版社出版的精选版书籍，梁启超著。

梁启超老先生，确实是个富有传奇色彩的优秀人物。他是清朝光绪年间的举人，中国近代思想家、政治家、文学家、史学家、教育家，是戊戌变法领袖之一、中国近代维新派、新法家代表人物,还是清华国学研究院"四大导师"之一。其长子建筑学家梁思成、次子考古学家梁思永、五子火箭控制系统专家梁思礼均为中国院士,另外六个孩子也在各自的领域中出类拔萃,做出了杰出的成绩。初看如此成就斐然,自当想起"虎父无犬子"这句话,脑海里不由自主地浮现出威武严厉的虎父形象。然而,读完这本书,是在暑假里一个飘着小雨的下午,心情莫名的温暖、恬静。我脑海里怦然萌发然后反复萦绕的一个词——"37℃的父爱"。这种父爱给人以安全安心、温暖舒适,不温不火、不焦不躁的感觉;这种父爱如血液流遍全身每一个角落,充满了我们的肉体和灵魂;这种父爱,荡漾着家国情怀,洋溢着满满亲情。

37℃的父爱如天如山。他责任一肩挑,对孩子的成长和发展时刻关注着,并能及时给予指导和帮助。

梁老是这样解释为人处世的:"人之生也,与忧患俱来,知其无可奈何,而安之若命。"因此,他自始至终教导孩子要有忧患意识,要有随遇而安意识,要有吃苦耐劳意识。特别是吃苦精神,他希望孩子们要主动受苦,常常受苦,"人生惟常常受苦乃不觉苦,不致为苦所窘耳"。他还教育孩子来日方长,要志存高远,保持身体健康和精神充沛,不争朝夕之功,不争一时之长短。"人生之旅历途甚长,所争决不在一年半月,万不可因此着急失望,招精神上之萎蒉。"在处世方面,他要求孩子们要常思报社会之恩,努力求学。他自己也以身作则,信中几次向孩子们细述他的日常安排,可谓认真务实、孜孜不倦。"一个人在物质上的享用,只要能维持着生命便够了。至于快乐与否,全不是物质上可以支配。""做官实易损人格,易习于懒惰与巧滑,终非安身立命之所。"他的这种学问报国、淡薄名利的思想,轻物质、轻虚名,严谨务实求学问的作风,应是奠定了他九个孩子在各个领域成就斐然的基础。

父爱如山,是支持是责任是担当。梁老的孩子们在国外求学,他在经济上给予了坚强的后盾和支持,民国十六年间,他感觉"现在因为国内太不安宁,大有国民破产的景象",于是提前安排打算,托付长女思顺,把孩子们的学费生活费用等早早安排妥贴;林徽因在遭受父难之后,梁老主动承担了她的游学费用,称是"只当又多了个女儿在外留学"。梁思成、林徽因学成之后、成婚之时,梁老并没主张他们立即回国,而是建议"你们回国之前,先在欧洲住一年或数月,你们学此一科,不到欧洲开开眼界是要不得的",于是他无论怎样困难,都做到了"你们的游费总想供给得够才行",还给他们的游学路线提供了很好的建议。

37℃的父爱如父如兄,谆谆教导,诲而不倦,事无巨细,宽容温暖。

对于求学修业,梁老这样说:"天下事业无所谓大小,士大夫救济天下和农夫善治其十亩之田所成就一样。"因此,他遵从本心本性,尊重孩子的兴趣爱好,"各人自审其性之所近何如,人人发挥其个性之特长",在自己责任内,尽自己力量做好,便是第一等人物。梁老的次女思庄在国外求学时,他原本建议女儿选修生物学,然而思庄很长时间后都依然无法对生物产生兴趣,梁老知道后,马上致信给女儿安慰并表示理解。他说:"凡学问最好是因自己性之所近,往往事半功倍。"于是,思庄选择了自己喜欢的图书馆专业,考入了著名的哥伦比亚大学,学有所成回国后任北京大学图书馆副馆长、中国图书馆学会副理事长,成了著名的图书馆专家,同时奠定了新中国西文图书编目的基础,可谓成就斐然。

37℃的父爱如师如友。他严于律己,以身作则,言传身教;也会发发牢骚撒撒娇,与孩子们亲密无间。

梁老如师如友、蜜汁般的亲子关系体现在:一、对时局的把握,对孩子的指导、建议。"天下在乱之时,今天谁也料不到明天的事,只好随遇而安罢了。你们现在着急也无益,只有努力把自己学问学够了回来,创造世界才是。"在时局动荡时,对梁思永、梁思忠意欲回国的打算,梁老多次分析局势,劝导建议。梁思成学成归国后,梁老建议他去了条件艰苦待遇大不如清华园的东北大学,儿子思成领会父亲的教导,欣然前往。他创办了东北大学建筑系,培养了许多优秀的建筑人才,成为了我国古建筑研究的先驱者之一,也成为了我国建筑教育的奠基人之一。二、与孩子们亲密无间的关系。读梁老的信,看他给孩子们起的爱称真是蜜汁般甜啊,大宝贝、小宝贝、司马懿、老白鼻、忠忠、小庄庄等等,可爱极了。他跟长女思顺说:"汝须知汝乃吾之命根。吾断不许汝病也。""须知你是我的第一个宝贝,你的健康和我的幸福关系大着哩。好孩子,切须听爹爹的话。"那时梁思顺远在国外,读到父亲如此甜蜜的信,心里该是多么的温暖。"真是好啰嗦的孩子,管爷管娘的,比先生管学生还严,讨厌讨厌。"读这句话,我眼前浮现的是那个对孩子们撒娇卖萌的老父亲,亲情之甜蜜溢于言表,荡然心间。

37℃的父爱,是最温暖舒适的父爱;37℃的父爱,是能溢满家庭的爱;37℃的父爱,是能让家庭教育、亲子关系、家风传承散发光芒的伟大的爱!

从《论语》中悟交友之道

儒家经典著作《论语》作为"四书五经"之一，享有"半部论语治天下"之盛誉。全书共 20 篇 492 章 11705 字，主要记录孔子及其弟子的言行，体现了孔子的政治主张、道德观念、伦理思想及教育原则，其核心思想主要是仁、礼和中庸之道。

幼时读《论语》，洋洋洒洒背了，却不知其意。少年时读之，慢慢有所感悟。今日谈谈从《论语》中悟交友之道。

一、识人交友

"孔子曰:益者三友,损者三友。友直,友谅,友多闻,益矣;友便辟,友善柔,友便佞,损矣。"这是孔子提出的交友的基本原则,意思是说交朋友要交为人正直、诚信、大度、博学之人;而那些有不良嗜好、表面柔顺、毫无主见、谄媚奉承、口蜜腹剑之人,是绝对于己有害,不可交往的。汉朝刘向在《说苑·说丛》中有云:"贤师良友在其侧,诗书礼乐陈于前,弃而为不善者,鲜矣。"所谓近朱者赤近墨者黑,有良师益友相规,有诗书礼乐相伴,人生怎能不向善不美好呢?那么,除了"直、谅、多闻"外,还该怎样识人呢?

"有子曰:其为人也孝弟,而好犯上者,鲜矣;不好犯上,而好作乱者,未之有也……孝弟也者,其为仁之本与!"因此,一个人孝顺父母、顺从兄长,心中有长幼尊卑、有敬畏之心的品德很重要。

"君子怀德,小人怀土,君子怀刑,小人怀惠。"那些把个人私利、恩惠看得很重的人,不可深交。以德相交,重义轻利,互帮互助,情深义重;以利相交,利不均则情断,利尽而情绝,甚至会徒增仇恨。

"君子博学于文,约之以礼",指的是君子广泛地学习古代的文化典籍,以礼仪来约束自己。不谈论怪异、勇力、叛乱和鬼神,也就是我们常说的要传播正能量,好朋友在一起就是要积极向上,互相督促、互相帮助乃至互相成就,做到非礼勿视、非礼勿言。"道听而途说,德之弃也。""巧言令色,鲜以仁。"那些听来就立即随处传播、信口雌黄、不对言行负责的人,是没有道德的;而那些花言巧语、装模作样的人很少会有仁义之心。此两种人不可交。"君子欲讷于言,而敏于行。"那些不善言语,说话谨慎,但做事行动敏捷的人却是难得的君子。所以,我们千万不要被花言巧语所迷惑。

物以类聚人以群分,我们要先自正其身,自立其德,而后择良友而交。

二、与朋友交

我认为与朋友交有三种阶段。

第一阶段谓之"初识"。"三人行,必有我师焉。"与人初识,要低调、谦卑,要善于发现别人的长处和优点,而后"见贤思齐,见不贤而内自省也"。看到别人的优点长处就向人家学习、看齐,这样自己就会越来越优秀;看到人家的不对之处就要自我反省,有没有同样的或者类似的问题,如果有也要改正它。己所不欲勿施于人,自己不喜欢的东西不要强加给别人,这样才能做一个让他人舒服的有素养的人。

第二阶段谓之"交往"。"君子坦荡荡,小人长戚戚",意思是君子之交则光明磊落,心胸坦荡;小人之交则斤斤计较,患得患失。"吾日三省吾身……与朋友交而不信乎?"朋友之间,诚信无比重要,对朋友忠诚、信守承诺、说到做到,这是建立深厚友谊的基础。试问:如果彼此之间连基本的信任都没有,何谈深交?怎堪称"朋友"呢?正因为朋友要彼此信任、彼此相托,前面讨论的识人交友就显得更加重要了。有些人初识隐藏很深,难以分辨好坏,但交往中,我们如果发现其违法乱纪或有不良嗜好等,应极力劝诫;劝而不改,应当机立断,避而远之。

第三阶段谓之"境界"。君子之交境界有三层:一为"君子以文会友,以友辅仁"。君子以文章才学来结交聚合,朋友之间互相帮助,切磋学习,培养仁德,提高彼此的学识才能、人文修养,使彼此更优秀,从而互相成就。二为"君子成人之美,不成人之恶"。原意是"君子成全别人的好事,不促成别人的坏事"。

我认为,朋友之交,也是要成全促进对方的"好事",凡向上的、正确的、有益的均要支持,竭力帮助朋友达成;而那些消极的、不正确的、有害的事情要及时有效地劝导、阻止,防止朋友犯错。第三层境界应是最高境界了。"曾子曰:可以托六尺之孤,可以寄百里之命,临大节而不可夺也。君子人与?君子人也!"原意是说,可以把年幼的君主托付给他,可以把国家的命运托付给他,面临重大考验有气节而不动摇屈服,这就是君子一类的人啊!但我认为,芸芸众生,要能遇到如此讲义气、有能力、有担当的"君子"何其难得啊!用在朋友之交上,如果彼此有可以托付身家财富的信任,有志同道合的理想,有共商大事的计谋,无论如何考验都不动摇气节、不出卖朋友,这该是交友中"生死之交"的最高境界了。人生有友如此,夫复何求?!

从《内训》谈父母子女相处之道

偶得《女四书》，泛泛而翻之，始觉古代女子之不易。男尊女卑的传统社会，"三从、四德、七出"成了女子终生之禁锢。但其中"立德修身、谨言慎行、勤俭积善、孝顺睦亲、母仪慈幼"等倡导倒是与我们中华传统美德、国学之精髓有异曲同工之妙。后与母亲讨论《内训》中"事父母""母仪""慈幼"章，从而感悟父母子女相处之道，甚是有趣。

亲子关系是现代社会关系中颇受关注和重视的，因为所有人均要为人子女、为人父母。但也是比较难于处理的关系，因为很多父母忙于工作,焦头烂额,很多孩子物质丰富,精神匮乏,从而彼此缺乏沟通,又缺乏古训规范,导致彼此都相互深爱却不善表达,手足无措。

《内训》共二十章,用三章讲述了"事父母""母仪""慈幼",其中不乏可以作为"父母子女相处之道"借鉴之用的精神和观点。

先谈为人子女。为人子女,孝字当先。《孝经》里说:"身体发肤,受之父母,不敢毁伤,孝之始也。"孝敬父母要从爱护自己的身体开始,天下父母最大的心愿首先都是希望子女健康平安。"孝莫大于宁亲",孝顺父母最重要的是使父母心安,因此我们要爱护身体,注意安全,远离不良行为,健健康康,"父母在不远游,游必有方",如此等等,均是让父母安心放心。

"养非难,敬为难",意思是供养父母并不难,难的是敬重父母。由至诚而孝、由至爱而敬,对父母的意愿无所违逆,这才是真孝。"养非难,敬为难"六个字足以让当今许多青少年汗颜了。现代学子研究生毕业至少二十五六岁,就业、成家、生儿育女,回报供养父母更是多少年之后的事;更有新兴的"啃老"一族,无从谈起了。孝顺的更高境界是敬重。如果子女发自内心的爱戴父母,敬重他们,自然也会关心他们、爱护他们、孝敬他们。当然,孝敬不是愚孝,不是一味地恭敬顺从,唯唯诺诺。《弟子规》里有言:"亲有过,谏使更,怡吾色,柔吾声。谏不入,悦复谏,号泣随,挞无怨。"如果父母有过错,不是视而不见听而不闻,而是要劝导其改过。劝导时要注意方法,态度诚恳,声音柔和;要坚持不懈,父母不听从劝导,抓住时机继续劝导;要无怨无悔,哪怕被父母责骂鞭挞都要毫无怨言,继续劝导,最终使父母规避错误。我想,子女为父母着想能有如此耐心、诚恳,父母定然会接受子女的意见。如此一来,能避免亲子隔阂,一家人和睦同心了。

再谈为人父母。虽然这些于我们而言还太早,但有些真理是亘古不变,放之四海而皆准的,谈谈也无妨。

我认为,为人父母,慈为第一、育为第二、养为其三。"慈者,上之所以抚下也。上慈而不懈,则下顺而益亲。"意思是说长辈爱抚晚辈,叫做慈,长辈慈爱不懈怠,晚辈就会顺从并日益亲近。慈爱不是骄纵溺爱,而是教之以德,示之以礼,以身作则,竭尽仁义。"若夫待之不以慈,而欲责之以孝,则下必不安。下不安则心离,心离则忕,忕则不祥莫大焉。"如果父母对待子女不仁慈,却责令他们要孝顺,那么子女一定会内心不安。有所不安,彼此间就会离心离德,招致忌恨,这便是最大的不祥了。因此,为人父母的慈,包括对世间万事万物的仁慈,真正的善良,也包括了对子女的慈爱。

教育子女也是非常重要的。《三字经》有云:"子不教,父之过。"生而育之,为人父母之本分。做事先做人,做人先立德。父母教育子女,应"导之以德义,养之以谦逊,率之以勤俭,本之以慈爱,临之以严格,以立其身,以成其德"。子女立身端正,有良好的德行,而后教他为人处世之道理,最后才是知识才能、事业建树等。父母们常抱怨"孩子叛逆,脾气大,不听教"等,其实很多父母自己也是缺乏耐心的。《诗经》云:"载色载笑,匪怒伊教。"如果父母能够和颜悦色,笑语盈盈,平等相待,尊重子女的想法,即使孩子错了也不生气,而是耐心教导,我想大多数孩子都是愿意接受父母的教导的。

其三是养。现在物质条件好了,父母之爱子女,最舍得花钱了。养其身自然不成问题,倒是要特别注意现在"富贵病"肆意蔓延,别忘了"勤以修身俭以养德,粗茶淡饭益寿延年"。

读《名人传》有感

一

众所周知,艺术之美跨越国界,历经沧桑,永恒、平和而美好。然而,有谁知道,艺术美的背后有怎样真实、真诚的人呢?

读罗曼·罗兰的《名人传》,让我们在作者优美的文笔、诚实的记述中走进三个伟人的生活。他们分别是十九世纪德国伟大音乐家贝多芬、文艺复兴时期意大利著名雕塑家米开朗琪罗、十九世纪俄国最伟大的作家托尔斯泰。三位不同时期、不同民族、不同命运的伟人有着共同的孤独与苦难,有着共同的不屈不挠与命运抗争到底的精神,有着对真理、正义、艺术和美近乎忘我乃至疯狂的热爱。

贝多芬出身于德国的平民之家,父亲严厉苛刻。他从四岁开始学习钢琴和小提琴,八岁开始登台演出,二十八岁时却发现自己的听力出现了问题,继而听觉日益衰退。他历经痛苦、磨难;他高傲、倔强,从不向命运屈服;他对音乐有着近乎痴狂的热爱;他以"用痛苦换来欢乐"诠释生命的本质。尽管如此,在享年五十七岁的生命旅程中,他创作了九部交响曲、三十二首钢琴奏鸣曲、五首钢琴协奏曲,还有管弦乐序曲及小提琴、大提琴奏鸣曲等一二百部作品。对于一个音乐家来说,生活在无声的世界里的那种痛苦和煎熬是我们很难想象的。就如他在遗嘱中写道:"当我旁边的人听到远处的笛声而我听不见时,或他听见牧童歌唱而我一无所闻时,这是何等的屈辱!这一类的经历几乎使我完全陷于绝望,我几乎要自杀了,只是艺术留住了我。啊!在我尚未把我的使命全部完成之前,我觉得我不能离开这个世界。"于是,在那样一个无声的世界里,他用崇高的使命感、顽强的意志力和旷世的才华,化痛苦为力量,化磨难为音符,演奏了荡气回肠的千古绝唱,谱写了流传千古的盛世华章,成就了一代乐坛巨星"交响乐之王"。

米开朗琪罗是意大利文艺复兴时期伟大的雕塑家、建筑师、绘画家和诗人，他父亲脾气暴躁，母亲在他六岁的时候就去世了。也许是受成长环境的影响，他高傲、偏执、倔强、忧郁、妒忌、孤独，骨子里的懦弱，他用近乎自虐的生活方式，痴迷癫狂的创作热情，永无止境的艺术追求，淋漓尽致地创造出艺术的力与美。他的一生是痛苦而孤独的，但他的灵魂一如他的巨作一样，是勇敢而有力的。

俄国文坛巨子托尔斯泰一岁半丧母，九岁丧父，青少年时代的他不仅常为思想、灵魂与追求而苦恼，还为自己丑陋的相貌感到绝望。罗曼·罗兰在书中这样描述他："他如猿一般的丑陋：粗犷的脸，又长又笨重，短发覆在前额，小小的眼睛深藏在阴沉的眼眶里……宽大的鼻子，往前突出的大唇，宽阔的耳朵。"尽管童年时的他已屡感绝望，但他自命要成为"一个体面人"。他朴实而真诚，是一个思想和灵魂无比高尚的人。他追求真理、追求博爱甚至渴望完美。他说："科学与艺术和面包与水同样重要，甚至更重要……"今日读来，可见他对艺术有着伟大的远见。他认为艺术不是技艺，不用复杂的技巧，应当铲除强暴，艺术应该要平民化，要有民间智慧，"将是一切有天分的人成为艺术家"。他因坚持真理、追求完美而灵魂终生感到孤独。在八十二年的生涯中，他创作了《战争与和平》《安娜·卡列尼娜》《复活》等三十多部著作。他临死时却是平静而欢愉的,"他在此不再是一个俄国绅士,只是一个生物,如蚊蚋,如雉鸟,如麋鹿,如在他周围生存着、徘徊着的一切生物一样。而他的心是欢悦的。"这大抵是历经磨难、孤独痛苦的人至死最质朴的体验,最完美的归属。

艺术是生命的源泉,是伟人用生命之泉浇灌的不朽之花。伟人都是命途多舛的。也许并不是因为平坦与多舛决定是否成就伟人,而是因为这些伟人在多舛的命运中历经磨难,战胜困苦,比常人更多了一些对梦想的执着、生命的感悟和对生活的追求。逆境给人们宝贵的磨炼机会,但只有经得起考验的人,有着强烈使命感、如痴如醉去追求,持之以恒去努力的人,才能获得最终的成功。

人生是什么样子
——《哈佛家训》书评

——

有人说人生就像一个圆圈，越临近终点，就越接近起点；有人说人生如弈棋，落子无悔，一步失误全盘皆输；也有人说人生如过客，得行乐处且行乐。那么，人生到底是什么样子？读过《哈佛家训》，你便会有属于自己的独特理解。

由北京联合出版公司出版的《哈佛家训》，全书除绪论，共分为四个篇章。

第一篇为"百年哈佛教给学生的人生哲学"，内容包括对人生意义的思考、合理规划时间、性格决定成败等哲理。第二

篇为 "百年哈佛教给学生的优秀品质", 主要介绍了自信、乐观、坚忍、勇敢等 13 种优秀品质。第三篇为 "百年哈佛教给学生的杰出本领", 包括给自己准确定位、合理安排时间、快速处理信息等 13 项杰出本领。第四篇为 "百年哈佛教学生克服的人性弱点", 包括嫉妒、盲从、贪婪、虚荣等人性弱点。

《哈佛家训》摒弃了传统教育类图书中某些说教意味浓厚的内容, 转而从一个个生动活泼的小故事入手将深刻的人生哲理娓娓道来, 触及了人性本质的情感和需求。品读该书, 我们内心深处的智慧火花会不知不觉地被点燃, 见微知著, 从一滴水看见大海, 由一缕阳光洞见整个宇宙。

书中讲述的商人与渔夫的故事, 最发人深思。

一位澳大利亚商人到东南亚去旅游, 住在海边的小渔村, 注意到一个渔夫每天只从大海里打捞几条鱼便回来了。商人问他为什么不多花些时间多捕些鱼, 渔夫说: "这些鱼已经够吃了, 何必多操那份心?" 商人问: "你每天还有那么多时间用来干什么呢?" 渔夫说: "回来和孩子们玩一会儿, 和老婆聊天, 和老哥们一起喝喝酒。" 商人很不认同, 说: "如果你按我说的去做, 也许会生活得更好。" 于是商人建议他每天多捕些鱼, 可以多卖些钱，然后买一只大船甚至一支船队，自己开办加工厂，进行直销，这样就能赚大量的钱，去洛杉矶或纽约做更大的生意，变成大富翁。渔夫又问："那么，再然后呢？"商人哈哈大笑，说："然后你就可以退休了，搬回到你家乡的小渔村，每天睡到自然醒，出海随便抓几条鱼，和孩子们玩玩，与老婆聊聊天，和老哥们喝喝酒。"

初读这个故事，你可能会和我一样，觉得很可笑，人生走了一个圈，好像又从终点回到起点。"出海随便抓几条鱼，和孩子玩玩，与老婆聊天，和老哥们喝喝酒"，这样的生活，渔夫一开始不就已经过上了吗，为什么还要费尽周折地折腾一圈？但我们可以再仔细想一想，虽然都是钓鱼、聊天、喝酒，但真的就一样吗？对这个故事的领悟，其实就是我们对人生的思索。

《哈佛家训》里告诉了我们答案："同样的人生结局，因为有了不同的过程而显得意义不同……我们每个人人生的起点和终点在表面看来并无差别，但有的人在即将告别人世时面对的是一张白纸，而有的人面对的是一张色彩斑斓的图画。"

是的，人生不仅仅是为了生活下去或者走到终点，最重要的是过程,因为有了过程,人生便有了意义。渔夫如果一辈子每天仅仅捕几条鱼就够了,那么他的人生将单调而乏味,临终时他能留给妻子、孩子和他人什么呢?无论是物质财富还是精神遗产,都会是一片空白。但是,如果他能像商人所建议的那样拼搏奋斗,一旦成功,他所创造的财富,是对家庭和社会的重要贡献,他所拥有的丰富的人生阅历和经验,是留给后代的最宝贵的财富。人生的区别就在这里。

正如《钢铁是怎样炼成的》里写道:"人最宝贵的是生命,生命属于人只有一次。一个人的一生应当这样度过:当他回首往事时,不会因为虚度年华而悔恨,也不会因为碌碌无为而羞耻。"

《哈佛家训》用流传百年的教育经典,启迪着人们思索和成长。它教会我们把成功的信念和希望播种于心田,把优秀的品质、良好的习惯作为雨露和养分,把认识并战胜人性的弱点作为风雨历练,让我们无师自通,也能创造灿烂的卓越人生。

这样一本难得的好书,值得我们每一个青少年好好阅读,细细领悟。

也谈"无为而治"
——《道德经》读后感

《道德经》的作者是"混元之祖太清至尊,五千言包括乾坤"的老子,该书被称为"旷世奇书,万经之王",全文五千言,分道经和德经 2 大篇,共 81 章。

初看 81 章,觉得甚有深意。81 章正是《道德经》中"道"的思想体现之一,九九八十一,九为极阳数,八十一有归一之意,一为万物之始,一生二、二生三、三生万物,反复其道,生生不息,天地之道也。不由联想到生物的形成:受精卵经过分裂、增殖,一生二,二生四……形成了组织、器官直至生物体,生物体又产生精子、卵子,经过受精、分裂、增殖……形成了生物及世界。自然界的生物规律大抵如此,正可谓"道可道,非常道",

"人法地、地法天、天法道，道法自然"。

《道德经》通篇主题旋律是"道法自然"，推崇"无为而治"。很多人会认为"无为而治"是什么都不做；但读完该书，我个人认为："无为而治"不是什么都不做，"无为而治"的目的是"治"，"无为"只是一种过程和方式，"无为"而"无所不为"，通过不违背客观规律，不过分干预的治理，充分发挥自身或民众的积极性、自主性、创造力，促使其实现自我，最终实现大治的目的。《道德经》里的"无为而治"主要体现在修身和治国两方面。

先谈谈修身的"无为而治"。

"天食人以五气，从鼻入藏于心；地食人以五味，从口入藏于胃。"人体之康健，最重要的不外乎呼吸气体，氧气循环细胞代谢；饮食入胃，吸收能量，供给身体消耗。母亲读中医养生时讲："肝藏魂、肺藏魄、心藏神、肾藏精、脾藏志，五藏尽伤，则五神去也。"道者空也，五藏空虚，神乃归之。万事万物，满则溢，空方可盛物，方可能用。因此，人的心要清，胃要宁，呼吸新鲜空气，饮食节制，方得身体太平。反观现代肥胖、三高（高血糖、高血脂、高血压）等富贵病，无不因饮食太盛所致，如果人人追求果腹温居，食至七成饱，多素少荤，肉体之病将大大减少。若再能遵守无为而治的原则，摒弃声色犬马、灯红酒绿、利益欲望的诱惑,保持恬静的生活,则精神疾病会大大减少。人们常说,人生有七苦,最苦"求不得"。如能懂得道,懂得"无为而治"的修身,明白生老病死的自然规律,放下怨憎和别离之苦,不求亦无"求不得",清心寡欲,宁静致远,淡泊明志,从一而专,从一而乐,便少了许多人生疾苦。魂静志道不乱,魄安得寿延年。

"金玉满堂,莫之能守,富贵而骄,自遣其咎。"人作为宇宙里的一份子,微乎其微,纵有广厦千万间,也只需一床而眠,甚爱必大费,多藏必厚亡。金玉满堂,谁能守之?古有和珅,现有落马贪官,终究是给自己带来了祸害。"无为而治"的观点应是,钱财之物,不要强取,不要贪婪,不要为满足私欲而一味占有。故,君子爱财,取之有道;君子有财,要为国为民为苍生。

人生,不可能永远一帆风顺,也不可能一直长盛不衰,因此要谨记:"飘风不终朝,骤雨不终日,天地尚不能久,而况人乎?"当我们身处险境,困难重重,要坚信"飘风不终朝,骤雨不终日"的自然规律,要有顽强的毅力,持之以恒的决心,吃苦耐劳的恒心,能屈能伸顺其自然的生存之道,相信一定会克服困难,守得云开见日出;当我们春风得意、飞黄腾达、功成名就之时,绝不能得意忘形,飞扬跋扈,要懂得"飘风不终朝,骤雨不终日"的道理,日中则移,月满则亏,物盛则衰,乐极则哀,要更加礼让、更加谦虚、更加谨慎,"功成、名遂、身退、天之道也"。

再来说治国的"无为而治"。老子说:"圣人常无心,以百姓心为心。""治身者,爱气则身全;治国者,爱民则国安。"舜帝"无为而治",对百姓宽厚仁慈;汉文帝"亲耕籍田,以供粢盛,皇后亲桑以奉祭服,所幸慎夫人衣不曳地,帷帐无文绣",向百姓以示勤俭敦朴;唐初推行垂拱而治,便有了"贞观之治"的繁华;明初力推"休养生息"政策,便是"仁宣之治"的开始。台湾著名学者南怀瑾在《老子他说》中说道:"每一个朝代,在其鼎盛时期,都有一个共同的秘诀,就是'内用黄老,外示儒术'。"黄老即黄帝、老子之学,是中国传统文化中的道家思想。可见《道德经》在治国方面历史悠久,影响深远,意义重大。

我在母亲的党课学习里初次听到"治大国,如烹小鲜",甚是不解,反复细读《道德经》才明白老子的深意。"烹小鲜不可扰,治大国不可烦,烦则人劳,扰则鱼溃。"治理大国,牵一发而动全身,不能朝令夕改,不能翻来覆去,不能扰民折腾。"无为而治"的治国,是以德行教化民众,给予而不索取,亲善而不扰害,爱民如赤子。如大地一般厚实,如水一般谦和,如阳光普照大地,滋养万物,培育万物,令万物生长开花结果,成全万物,却从不据为己有,不居功耀名,是以"圣人终不为大,故能成其大"。

也谈修学、为政与家风
——《曾国藩家书》读后感

曾国藩作为晚清四人名臣之首，是中国近代著名的政治家、战略家、理学家、文学家、湘军的创立者和统帅。他十年七迁，跃升十级，官至二品；他是清代以文人而封武侯的第一人；他承往古衰朽之续，开近代风气之先；他"立德立功立言三不朽，为师为将为相一完人"。其代表作品之一《曾国藩家书》被列为"中华国学经典精粹"。近期抽空读之，反复思索，感悟颇深。

《曾国藩家书》从修身、劝学、治家、为政、军事、交友、养生、理财等方面分类呈现了曾国藩多年来写的家书,展现他在诸多方面与家人沟通、教导、叮嘱、约束,与家人共同进步完善的点点滴滴。他在养生修身方面提倡节劳、节欲、节食、早起,提倡戒骄、戒傲、戒怒、戒惰,提倡君子立志、进德修业;他在交友理财方面提倡拜师专一、亲近良友、往来请教、患难与共,家中要略有积蓄,多多捐赠钱财。读完该书,给我感悟最深的要数修学、为政和家风三个方面。

古往今来,立鸿鹄之志者比比皆是,脚踏实地真正践行者凤毛麟角。为学先立志,立志有恒;学业宜精专,勤奋苦学。"曾以为学四事勉儿辈:一曰看生书宜求速,不多读则陋。一曰温旧书宜求熟,不背诵则易忘。一曰习字宜有恒,不善写则如身之无衣,山之无木。一曰作文宜苦思,不善作则如人之哑不能言,马之跛不能行。"这四事总结起来应该是:博览群书、温故知新、练字有恒、思索写文,从读书、温习、练字、思考四个方面讲述了修学的要求,这与《中庸》倡导的"学问思辨以穷理、笃行以体事"有异曲同工之妙。这修学四事也是我们现代学生需谨记践行的。

文中"为政篇"只有九封家书,但无不体现曾国藩的政治理念和修为。这大约可以概括为:为政者一要胸怀天下,二要勤政亲民，三要廉正自律。孔子曾说："为政以德，譬如星辰。"为官者要体恤百姓疾苦，要以天下太平昌盛为己任，有民胞物与之量，有内圣外王之业，先天下之忧而忧，后天下之乐而乐；要"遇民如父母之爱子，兄之爱弟，闻其饥寒为之哀，见其劳苦为之悲"。有些为政者忘记了自己求学为政的初心，忘记了为民请命造福百姓的初衷，忘记了内修德行外建雄功的使命，结果被抓落马，成为阶下囚。"盖天下之理，满则招损，亢则有悔，日中则昃，月盈则亏。""若一面建功立业，外享大名，一面求田问舍，内图厚实。二者皆有盈满之象，全无谦退之意，则断不能久。"如果为政者能深谙其中之道，应是不会有满床黄金满墙钞票之事发生了。当然，大凡国家之强大，在于有许多的贤能之士。我党开展党风廉政建设，本质是坚持执政为民的根本要求，始终坚持依法治国、以德治国，彻底贯彻落实全心全意为人民服务的宗旨，是利国利民、功在千秋的大事！

自十八大以来，习近平总书记曾多次在不同场合强调了家风建设。家风是家族子孙代代恪守的家训，是家庭的核心价值观，是立世做人的风格。曾国藩的家风是标准的"耕读之家"，耕则退可以自守，读则进可以入仕。他的家规有四字八句"书、蔬、猪、鱼，考、早、扫、宝，常说常行，八者都好；地命医理，僧巫祈祷，留客久住，六者俱恼"，今日读来，皆是在教导世人刻苦学习，勤奋劳作，自食其力，尊长敬老，邻里和睦，诚信待人，远离邪恶。这何尝又不是我们现代人要做到的起码的安身立命之道呢？"家中要得兴旺，全靠出贤子弟，若子弟不贤不才，虽多积银积钱积谷积产积衣积书，总是枉然。"这也是我母亲奉为信条的理念。按母亲常用的二八定律来说，孩子们是否成为栋梁之才，20%源自于天生，80%源自于后天的养育（即成长的环境，受到的教育及熏陶）。人生短暂，事业无涯，我们在祖国及父母师长的培育下长大成才，用毕生的精力实现着自己的人生价值，同时我们将来通过养育后代，家风传承，延续并更好地发展我们每个人对国家、对人类竭尽所能做出的最大贡献！

在世立德、立功、立言应是我们每个青少年立志奋斗的目标，不论将来我们是为学、为政、为民，都要心系家国，兢兢业业、自修德行，清廉公正、勤政为民，内树家风、外建功业，穷则独善其身，达则兼济天下！

《盗梦空间》观后感

———

电影《盗梦空间》讲述了一位顶级筑梦师柯布被误认为杀害了妻子，以至于不能回国与孩子团聚，只能在他国接一些盗梦任务营生，并始终在想办法回家与孩子团聚的故事。一次任务中因为一个梦境设计师的失误，梦主意识到了自己在做梦，于是柯布没有得到想要的情报，任务失败，准备逃离该国。后来那位梦境设计师又出卖了柯布等人，找到那位梦主请求报酬和庇护（请求任务失败后能不受原雇佣公司的杀害）。梦主看重柯布等人的实力，找到柯布并以可以让他回家为条件雇佣他执行新任务,柯布思乡心切,接受了梦主的反雇佣。柯布找到了新的同伴,最后与新同伴一起完成了任务。

剧情中柯布的亡妻一次次出现在梦境中扰乱计划,柯布深爱自己的妻子不忍心伤害她,但内心明白现实就是现实,必须要回到现实世界和自己的孩子们团聚。他经历了四层梦境的考验,也就是梦中梦的梦中梦。梦境与现实一定曾困扰过他,对妻子的愧疚也曾让他想过放弃现实,然后与梦境中的妻子厮守……

梦境不好吗?我不禁这样问自己。电影里柯布与妻子在第四层梦境里,他们创造了自己的世界——在一座城市里,凭借着自己的记忆建造了很多属于他们的房子,那是他们充满记忆的、他们喜欢的、只属于他们两人的巢穴。梦境很好吧,有爱的人。作为梦境的主人,他们更是什么都不缺,两个人白头偕老就好了。那么,又为什么要回到现实呢……

因为,假的终究是假的。第四层的梦境只有他们两个人,即使是前几层的梦境,所有的人和物终究是想象或者凭借自己的记忆描绘出来的。说到底,在自己的梦境中,终究是孤单的。

人是有情感的动物。因为爱,柯布想尽办法做梦,在梦中与妻子团聚,共度那曾经经历过的一桩桩一件件往事。但正是因为爱，他明白，这是梦境，这是记忆。他终于找到了回家的方法，那就是：他必须放下梦中的虚幻，拥抱现实，包括去拥抱几年来未见过面的现实生活中的孩子，去感谢妻子的父亲母亲对孩子的照顾，去见见与自己共同奋战的同伴。所以，他回到了现实。

然而，现实是残酷的，它不可能如想象的那么美满。但现实又是多么美好，因为它真实，它让我们可以尽情地拥抱所爱的人，可以享受他们不按套路出牌的惊喜，可以和朋友、爱人一起去从未去过的地方旅行……现实中，更多的是责任、爱和付出，为所爱的人付出自己的努力，担起责任，真实地活一回。

然而，关于结局，还是有很多疑问和争论。他最终到底是回到了现实，还是进入了更深一层的梦境呢？又或者，现实与梦境何曾有过明确的界限和区别呢？

其实，这一切都源于执念吧。梦因为执念越陷越深。现实里，又有多少人正是因为执念而无法摆脱困扰呢？

突然想起了一些科幻片里的四维空间和多维空间。也许在多维空间里，我们一样生活在梦境里……嗯，如果再深究下去，可能我们也要进入盗梦空间了。

05

历年高考作文题练习

仰望星空与脚踏实地

——

有人在群星璀璨下，漫无目的地埋头行走，像一艘失去了方向的舟，漂到哪便是哪；有人抬头仰望星空，便有耀眼的星河在眼前闪烁，留恋不舍而忘记低头看路，不免栽了跟头或是驻步不前。唯有仰望星空欣赏其美景，热爱其璀璨，观察其变幻，定位其方向，不忘初心、脚踏实地往前走的行路者，才会一路美好相伴，按着自己的方向，达到自己的目标。

仰望星空，给人以无限的期望与想象，那是醉人的梦想。母亲曾说她一定要有一幢别墅，无论在都市或者乡村，就是为了让我们可以像他们小时候那样，在自家楼顶的大露台，晨起时看朝阳以不同的姿态喷薄而出，傍晚时看火烧云般变幻无穷的夕阳,夜空下数那苍穹中闪亮的星星,感受那月缺月圆的岁月更替,聊着我们无限美好的憧憬与梦想……然而,这些年的都市生活里,高楼大厦耸立密集,车水马龙川流不息,人来人往匆匆忙忙,灯红酒绿熙熙攘攘,每个人都忙碌在自己的世界里,似乎已经忘记了那浩瀚的夜空还有璀璨的星星和皎洁的月亮。某个夜间,我与家人在乡间晴朗的夜晚仰望天空,见到星星像钻石般镶嵌在藏蓝色的天幕上,调皮可爱地闪烁着。星空是那么的辽阔,宇宙是那么的无垠,我瞬间感觉到生命的渺小与生存的奇妙和美好。那一刻,我才清楚地意识到,星空在,一直都在,只是有的人不愿意看,有的人忘记看,有的人自以为看不到罢了。星空带给人期望与想象,带给人梦想的冲动。罗曼·罗兰曾说:“你的理想与热情,是你航行的灵魂的舵和帆。”没有梦想的人,每天的忙忙碌碌是为了什么?有人说是生活啊!日复一日年复一年地做着同样的事情,如陀螺般旋转乃至旋转到焦虑的理由无非就是为了活着或者活得更好。好或者更好,也是一种梦想,灵魂的舵,航行的帆。如小塞涅卡说:“如果一个人不知道他要驶向哪个码头,那么任何风都不会是顺风。”梦想对于其他生物可能虚无渺茫了些,可人不能不怀有梦想,那是我们前行的方向。若你做的事情正朝着梦想的方向,生活便会予你热情,从此风雨无阻、未来可期。

　　脚踏实地, 给人以梦想的根基与底气, 那是付出的行动。我也曾向往一夜暴富, "天上掉馅饼"的好事能正巧被我遇到, 可是我更怕一夜暴富的桥梁轰然倒塌, 或者桥梁的尽头与起点一样, 那时的我却无法再脚踏实地, 已不愿意付出能力之中的努力; 我怕天上掉下的馅饼蘸着慢性毒药, 一点点渗透人的心性、吞噬纯粹的灵魂。我以为, 纵然天降捷径通往梦想, 我们还是应该选择脚踏实地。正如冰心奶奶笔下的"那朵成功的花", 我们的梦想也是需要经过奋斗的泪泉, 灌注牺牲的血雨, 才能最终走向成功。苏格拉底曾说: "世界上最快乐的事, 莫过于为理想而奋斗。"脚踏实地地为梦想付出行动, 这是一种快乐, 也是一种能力; 脚踏实地地为梦想付出行动, 才不会迷失自己、忘却初衷、迷失前行的方向。

　　蒲松龄撰联"有志者, 事竟成, 破釜沉舟, 百二秦关终属楚; 苦心人, 天不负, 卧薪尝胆, 三千越甲可吞吴"来自勉, 也告诉后人, 志向与行动都是成功必不可缺的要素, 仰望星空与脚踏实地从来不冲突。无论您怎样脚踏实地的忙碌, 都别忘了仰望星空, 让那忙碌辛苦不再寂寞, 让那披星戴月一路歌唱, 有爱有梦想的地方, 就是您前行的初衷和无尽的能量。

　　备注: 本篇题目取自于2010年北京高考作文题"仰望星空与脚踏实地"。

期待长大

"我说了不喜欢！为什么我一定要按照你说的方式去做？你说的就一定是对的吗？你说的就一定适合我吗？"我愤怒地吼完这些话后，"嘭"地关上了房门。

我吼的那么大声，好像用尽了全身的力气，而此刻只能瘫软在床上抽泣。从前是默默忍受，母亲说什么就是什么，即使心里不理解不认同也选择顺从点头，如一只乖巧的猫咪，轻声细语只为换来主人温柔的满意。因为，我觉得自己已经长大了，不该惹母亲生气。可是，乖巧的猫咪也有犬齿，休眠的火山也可能爆发,孩子的心中怎么装得下那么多的"委屈"。这一刻,我多么期待长大。长大对我而言,就意味着可以远离这些人,远离这些成天唠唠叨叨要求我这不能做那不能做的人,远离这些规定我每天吃 200 克肉蛋鱼 500 克蔬菜、写字时上身要挺直,胸离桌子一拳头、眼睛距离书本要 33 厘米的人,远离这些爱着我、我却无法理解和接受的人! 我期待长大,去做自己喜欢的事,爱就去做,累就放手,多么洒脱!

可是,泪不由自主地往下流,冥冥中是万有引力在操纵着它。我连眼泪都无法控制,又能控制什么呢? 除了擦干眼泪,我什么也做不了。即使长大了,除了买一副深黑墨镜自欺欺人地掩饰住巨大的叛逆的负能量, 如果无法解决问题,又何来洒脱?

其实,这件事,说大能大到把我的心压垮,说小也就是笑话。

母亲要我笑的时候把下巴挺出来一点, 说这样侧颜会更好看一点。我对着镜子尝试了一下,觉得这样正面显得有点不自然,于是跟她说了句"我不喜欢这样",为了缓解稍显尴尬的气氛,我又习惯性地故意搞怪,把下巴挺得非常突出,又把下巴缩得很短,本意是想博母亲一笑,可她脱口而出:"好丑。"我一愣,苦涩瞬间在味蕾上泛滥成灾。平时母亲从不允许我说自己"丑",若我说了,她会生气地批评我;可今天她却脱口而出了,那么顺口,在我眼中,像是憋在心里好久的话顺口溜了出来。这么不巧,今天在学校,有一个女生也这样说我,也许是开玩笑,可我听着,觉得格外刺耳,心拧成一个疙瘩。我一直知道,我不是那种特别漂亮惹人怜爱的女孩,可是我五官端正,从小到大,也不乏有人夸我长相标致、眉清目秀。实话也好,调侃也罢,反正今天,是第一次有人当着我的面对我说"好丑",而且接连两个人,一个是我同学,一个是我母亲……我还没平静下来,母亲便再要求我重新按照"要求"调整笑容,我忍不住爆发了……

我开始埋怨,把枕头胡乱丢在地上,边哭边踩,宣泄完愤怒,又颤抖地把枕头捡起来,埋头痛哭。我哭,哭自己的不争气——我怎么能因为这点小事跟母亲发脾气,还说那么过分的话?我手上的枕头、身上的衣服、吃的用的乃至我的生命,不都是母亲给的吗?是谁发着烧也要带女儿去上钢琴课?是谁放弃了一线城市多彩的生活、丰厚的薪酬和出国的机会,退回刚脱贫的县城陪读?是谁每天辛苦工作回来做完家务还要读书,只为给孩子做一个好榜样?我哭,哭自己的自作聪明——从小到大都被父母老师教育"沟通是解决问题的最好途径",可还是把不认同的事情憋在心里，自以为是地表面顺应却内心不满，结果就是负能量爆炸更加一发不可收拾。我知道，无论我做了什么过分的事情，母亲最后总是会无条件地原谅我，可我明白，心灵上的伤疤可以淡化，但绝不会消失，伤害了就是伤害了……

"Lina,"母亲敲门的动作很轻,应是特意在照顾我的心情,"妈妈可以跟你谈一下吗？"

母亲一边专注地听我讲着一边轻轻地拍着我的背，我的余光瞥见她眼眶里有些许闪亮的泪珠。语罢,空气中只剩下两人不均匀的呼吸声和我还没完全停下的哽咽。

"Lina,你该长大了,"我抬起头,母亲就那样和我对视,有力的目光直射我的玻璃心,"长大的标志不是脾气大了,个性强了。长大是你真正自信了,这个自信是内心深处对自己的肯定,是别人永远无法使你动摇的信念。大千世界芸芸众生,怎么可能所有人都肯定你、赞美你？但你要清楚地知道自己是什么样的,自己的优缺点是什么,自己想要什么,你就是你,不以任何外力而动摇。比如母亲今日随口说的'好丑',母亲生气是在于你明明有着姣好的面容却故意去扮丑装可爱,那不是可爱,不是搞笑,是'糟蹋'。爱护好自己拥有的一切,追求更好,美美地生活,不用取悦任何人,这是对自己最基本的认识和自信。长大是你要学会并且有能力与他人沟通。这本来是一场可以避免的误会,你心中若有委屈随时可以与母亲好好沟通⋯⋯"

母亲与我聊了很多,我敞开心扉平静地说出了平日里很多不认可的事情,母亲静静地倾听,两颗心慢慢靠近。她起身的刹那,我看到她又习惯性地一手撑着腰一手扶着桌缓缓起来,那是多年操劳成疾的腰椎问题了⋯⋯

那一刻,我多么期待长大,不仅是年龄上的增长,还有心灵上的突破——不再那么脆弱敏感,而是用心去包容理解、自信自强;不再那么自私叛逆,而是更多些能力和担当;不再让父母操心操劳,而是有能力照顾爱护他们;不再是为了逃离,而是为了遇见更好的自己,日臻完善不断提高!

备注:本篇题目取自于 2011 年高考全国卷 I 作文题"期待长大"。

爱出者爱返

汉代贾谊《新书》里说"爱出者爱返,福往者福来",意思是如果你用爱来对待别人,将来别人也一定用爱来回报你,如果你用自己的金钱、智慧、福报去帮助别人,将来会得到更大的福报。人生所有的付出不一定都会有回报,但付出爱的本身就是一种享受和幸福。所谓"赠人玫瑰,手有余香",人生最幸福的事莫过于被人爱和有能力爱他人。

爱是可以传递的。正如尚先生把手机落在车上被年轻人捡到,促使年轻人归还手机的动力不是他拨打的电话,也不是他的报酬承诺,而是他信息里行善的记录。那个有血有肉的年轻人,被尚先生的爱心感化,所谓"一念天堂一念地狱",那"一念天堂"是因为他感受到爱的召唤,他幡然醒悟自己不能见利忘义,不能用贪心对待爱心,爱心唤起了他心底的真诚和友善。

无独有偶,美国克雷斯的故事相信大家都有所耳闻。在德克萨斯州一个风雪交加的夜晚,克雷斯因汽车抛锚被困郊外,一位骑马的男子正巧经过,男子二话没说便用马帮助克雷斯把汽车拉到了小镇上。克雷斯非常感激,他拿出不菲的美钞对男子表示酬谢。男子说:"这不需要回报,但我要你给我一个承诺,当别人有困难的时候,你也要尽力帮助他人。"后来,克雷斯主动帮助了许多人,并且每次都转述了那句同样的话给被他帮助的人。许多年后的一天,克雷斯被突然暴发的洪水困在一个孤岛上,一个少年冒着危险救了他。当他感谢少年时,少年竟然也说出了那句克雷斯曾说过无数次的话:"这不需要回报,但我要你给我一个承诺……"克雷斯心中涌过阵阵暖流:"原来,我穿起这爱的链条,千转百回,最后经过少年还给了我!"

另一个故事是穷苦人学生郝武德的故事。他年少时为了付学费挨家挨户推销商品,有一天口袋里只剩下一点小钱,饥饿难忍,一个年轻的女孩子为他端来了大杯鲜奶。他心怀温暖,加倍努力,若干年后,当当年那个女孩身患重病一筹莫展时,大名鼎鼎的郝博士精心救治了她,并减免了她昂贵的医药费。这个大名鼎鼎的郝博士就是当年那个穷苦的大学生。

爱心是可以传递的。传递的人多了，最终就传到了自己的手里。

人生在茫茫宇宙，如蝼蚁般渺小，生也脆弱，死也脆弱，唯有爱和精神是伟大永恒的，可以温暖别人，同时温暖自己。茨威格曾说："一个人的力量是很难应付生活中无边的苦难的。所以，自己需要别人帮助，自己也要帮助别人。"用一颗慈爱的心对待他人，坚持的人多了，爱就回到了自己身边。

"爱出者爱返，福往者福来。"让我们每个人在铺满荆棘的人生道路上，怀揣爱的种子，一路前行，一路播种，用心浇灌，相信爱的星星之火亦可以燎原，那一路路芬芳，一树树果实，就是爱的回馈！

备注：本篇作文取材于2013年（大纲版）全国卷高考作文，原题要求如下：

阅读下面的文字，根据要求写一篇不少于800字的文章。（60分）

4月29日，尚先生把手机落在了出租车上。他随后拨打那部手机，对方接听后立即挂断。他又发短信表示，愿意出2000元"买"回手机。一小时后，尚先生收到回复，说要归还手机。见面后才知道，捡到手机的人是一位年轻人。尚先生要酬谢他，但对方交还手机后就转身离去了。

当天晚上，记者联系到那位年轻人，年轻人说："我本来无意归还，但看到手机里的照片和信息，发现机主刚刚给芦山地震灾区汇去一大笔捐款，很受感动。我不能见利忘义，不能用贪心对待爱心。我也要像尚先生那样多一些真诚和友善。"

要求选好角度，确定立意，明确文体，自拟标题；不要脱离材料内容及含意的范围作文，不要套作，不得抄袭。

合作共赢

———

"三羊过独木桥"的游戏正是现代一些青少年的真实写照,很多独生子女,从小以自我为中心,不懂礼让、爱护和成全,凡事争强好胜,什么都要争个你死我活,胜负输赢。所谓狭路相逢勇者胜,似乎只有打倒了别人才能证明自己。案例中的两位选手相遇时,互相抱住,转身换位,全都顺利地过了桥的结果确实给大家当头棒喝,合作共赢的理念如醍醐灌顶之念,有星星燎原之势!

合作共赢是指共事或交易的双方或多方在完成活动或任务中互惠互利、相得益彰,能够实现双方或多方共同利益。合作共赢不是一个新鲜的事物,中华文明五千年,从先辈圣贤到当代经商建企、大国之交,无不体现得淋漓尽致。

我国古代有句名言是"一个篱笆三个桩,一个好汉三个帮",仅凭个人单枪匹马"闯天下",并不能称为好汉,只有善于获取别人的帮助而能有所作为的人,才是大作为,称得上真好汉。无论一个人的力量多么强大,也毕竟是有限的,只有志同道合之人相互帮助,集思广益,取长补短,齐心协力,才能取得大成功。

秦国时期的远交近攻战略为平定天下打下了坚实的基础;孙权与刘备合作,赤壁之战打败曹操,从此三分天下;日军大举进攻上海时,国共合作救国救民于水火;《西游记》里唐三藏西天取经,孙悟空、猪八戒、沙和尚鞍前马后,降妖除魔,最终取得真经,成全了唐三藏也成全了众弟子,普渡众生。

在当今科技日新月异、信息爆炸的年代,互联网时代正悄无声息地改变着我们的生活,一个人如果想要面面俱到几乎是不可能的。只有集众人之力,才能有大能量。单打独斗的时代已经成为过去,合作共赢的时代已经到来。

早期的宝洁与沃尔玛公司为了实现各自的利益最大化,矛盾和冲突不断,最终两败俱伤。双方反思,放弃短期利益的角逐,着眼于未来的发展,追求整体利益最大化,最终达成合作,互帮互助,合作共赢。曾经,面对 SARS 恶魔的蔓延,人们谈"非"色变，惊恐不安，但是通过全球合作，全民一心，我们寻得了"降魔绝招"，赢得了抗击"非典"的最终胜利。

中国实行改革开放，走出去，迎进来，建立外交联盟，加强进出口合作，携手亚太经济共同发展，实现了经济全球化。在短短的40年里，经济得到了飞速发展，造福了人民，也造福了世界。

美国商界有句名言："如果你不能战胜对手，就加入到他们中间去。"是的，现在的时代，竞争已成为常态，但是合作却能降低风险，减少恶性竞争，促进进步和和谐发展，从而带来双赢。

因此，21世纪的我们，应该早早树立合作的理念，团结合作，互帮互助，最终达成合作共赢！

备注：本篇作文取材于2014年新课标全国卷 I 高考作文，原题要求如下：

阅读下面的材料，根据要求写一篇不少于800字的文章。

"山羊过独木桥"是为民学校传统的团体比赛项目。规则是，双方队员两两对决，同时相向而行，走上仅容一人通行的低矮独木桥，能突破对方阻拦成功过桥者获胜，最后以全队通过的人数多少决定胜负。因此习惯上，双方相遇时，会像山羊抵角一样，尽力使对方落下桥，自己通过。不过，今年预赛中出现了新情况：有一组比赛，双方选手相遇时，互相抱住，转身换位，全都顺利地过了桥。这种做法当场引发了观众、运动员和裁判员的激烈争论。事后，相关的争论还在延续。

要求选好角度，确定立意，明确文体，自拟标题；不要脱离材料内容及含意范围作文，不要套作，不得抄袭。

给警察叔叔的一封信

尊敬的警察叔叔:

您好!

我是学生明华。近期许多媒体报道了关于女大学生小陈举报父亲在高速公路上开车时接电话一事,引起了很大的社会舆论与反响,赞成和质疑方均振振有词,所以我给你们写这封信,也阐明我的观点和建议。

1. 小陈初衷。从小到大,我们被灌输的理念就是"有困难找警察叔叔",因此,你们的形象在我们心目中无比的高尚伟大。节假日人们都旅游团聚的时候,你们要维护道路秩序交通安全;只要是人民需要,无论大事小事,你们都尽心帮助;你们风雨无阻,秉公执法,铁令如山,执法威严。这也是人民最爱戴你们的初衷和情怀!小陈也是一样,她的父亲总是在高速路上开车时接电话,这本身很不安全,无论对陈父本人还是对路人,都有极大的安全隐患。家人屡劝不改,小陈自然就想到通过微博私信向你们报警,希望通过你们的帮助,或晓之以理或施之以惩戒,能让她的父亲吸取教训,改变这种不良行为及习惯。其对父亲的关爱之情真切,其对警方的信任之情真切!你们也确实依法对老陈进行了教育和处罚,使陈父得到了惩戒,应该会有所改进。

2. 是否应该要对举报人有所保护呢?此事原本应该圆满结束了,但被媒体一报道,群众一讨论,就变成了"大义灭亲"和"尊重亲情"的道德大战。这肯定也出乎了所有人意料,从而给多方带来了一定的舆论压力。举报人只是比我们大一点点的大学生,我们都欠缺社会经验,思考问题也很简单,通常情况下不是要对举报人保密吗?不知你们将这起举报发在官方微博上是否征得了小陈的同意呢?其实,就算小陈同意,你们又是否提前提醒她可能要面临的社会舆论压力,让其有所心理准备呢?或者是现在再去关注、关心和开导小陈也好。总之,有你们出马,对我们青少年儿童都会特别有安全感,也许会收到事半功倍的效果。

3. 可否请你们纠正一下舆论导向。法制时代,每个人都要心中有法,自觉守法,全体护法,遵守交通规则,加强安全意识。媒体要坚持正确的舆论导向,要有意识有目的地弘扬好的、正面的、向上的思想。这起举报案一出来,媒体可以通过交通法规视频、动漫,安全事故案例等宣讲国家交通法律法规、安全措施等,让交通安全深入人心,加强群众的认知和依从性,自觉遵守交通法规,从而达到正确引导群众的目的。而不应该单纯就举报一事来大肆报道,引发"吃瓜群众"议论纷纷,从而展开了一场爱与不孝,关心与大义灭亲的宏观问题的争论和探讨,给小陈及家人带来了不必要的舆论压力和烦恼,同时还可能影响其亲人间的关系。因此,呼吁媒体,也恳请你们在可以的情况下纠正一下舆论导向。

交通安全,人人有责,从自我做起,从每个人做起。良好交通环境的营造需要全社会高度重视、多方努力,而意识强化、制度约束、互相监督是不可缺少的。感谢一直以来你们对交通行为的规范及对大家的保护,向辛劳坚守热血为民的警察叔叔们致以最诚挚的敬意!

　　祝你们工作顺利,天天开心,万事如意!

　　此致

敬礼!

明华

201＊年＊月＊日

　　备注:本篇作文取材于 2015 年新课标全国 Ⅰ 卷高考作文,原题要求如下:

　　阅读下面的材料,根据要求写一篇不少于 800 字的文章。(60 分)

　　因父亲总是在高速路上开车时接电话,家人屡劝不改,女大学生小陈迫于无奈,更出于生命安全的考虑,通过微博私信向警方举报了自己的父亲,警方核实后,依法对老陈进行了教育和处罚,并将这起举报发在官方微博上,此事赢得众多网友点赞,也引发一些质疑,经媒体报道后,激起了更大范围、更多角度的讨论。对于以上事情,你怎么看?请给小陈、老陈或其他相关方写一封信,表明你的态度,阐述你的看法。要求综合材料内容及含意,选好角度,确定立意,完成写作任务。明确收信人,统一以"明华"为写信人,不得泄密个人信息。

从分数待遇谈期望与失望

　

这是一幅引人深思的漫画：图一中甲孩子 100 分，得了个大大的吻；乙孩子 55 分，脸上有大大的五指痕。图二中，还是甲孩子考了 98 分，脸上出现了被打的五指痕；乙孩子 61 分，却被奖励了甜甜的吻。这幅漫画有两个问题值得探讨和深思。

一、谈分数待遇

每个父母都望子成龙、望女成凤，于是，分数不知不觉就成了孩子是否优秀的考核标准。但试问：优秀不优秀只有分数能评定吗？每一个生命的开始，都是由那个在几十亿精子的竞争中脱颖而出的佼佼者，成功地与卵子结合，形成受精卵，受精卵在输卵管里长途跋涉，历经千难万险到达子宫发育成人，再过五关斩六将来到这个世界，这已是足够优秀的开始了！我们了解世界、认识世界，从蹒跚学步到掌握生存技能，从牙牙学语到学习文化知识，再到创新发展，还有道德及优良品质的形成，人生观、艺术美的培养与建立……太多太多美好的东西需要学习，再慢慢融合形成我们自己独有的人格特征。《魏书·郑羲传》里说"盖棺定谥"，面对人生刚刚起步的学生，怎么能以几次考试成绩定优秀？又怎能只凭分数来得到惩罚和奖励呢？但这简单粗暴和愚昧的方式却真真实实地存在我们的生活中，而且屡见不鲜。试问天下父母：伟大的发明家爱因斯坦小时成绩也不好，还有坐在苹果树下发呆的牛顿，如果他们都被父母逼着读书、培训，或者动不动就因成绩不好来顿臭骂或暴打，估计就不会有那么多伟大的发明和万有引力定律的产生了！英国首相丘吉尔小学六年级曾留过级，俄国作家列夫·托尔斯泰大学时因成绩太差被退学。每个人的成长都不是一帆风顺的。当然，举这些例子，并不是说成绩不重要，只是希望家长们"以人为鉴,可以明得失",不要狭隘于一时。你们爱我们,但爱应该是不因考了多少分,不因我们是否成为了你们想要的样子而爱,爱应该是持久的鼓励、支持、欣赏和鞭策。

二、谈期望与失望

图中甲孩子从 100 分到 98 分,得到了一个五指痕的耳光;乙孩子从 55 分到 61 分得到了一个奖励的吻。试问:客观地讲,98 分和 61 分谁多谁少不容争论,为什么分高的孩子被打了,分低的孩子被夸了呢?这就是期望与失望的问题。不知道父母们怎样来确定对孩子的期望值。好了似乎希望更好,更好希望最好,最好希望一直保持无人超越。但是,每个父母都这么期望,每个孩子都拼命挣扎,结果就只能是大片大片地失望了。为了平衡期望与失望的问题,我们要正确定位期望值,不要好高骛远,眼高手低;适当降低期望值,期望越高,失望越大。只有正确平衡期望与失望,才能以更好的心态对待事情的结果。

"当我们哭泣没有鞋子穿的时候,却发现有人没有脚。"所以,我们要知足常乐,要常怀感恩。当然,降低期望值不等于不努力。青春年少的我们,正值学习的大好时机,我们不应该单凭分数论英雄和待遇,而是要德智体美劳全面发展,努力掌握先进的科学知识,这样才能更好地不负韶华不负期望,让人生大放光彩!

备注:本篇作文取材于 2016 年新课标全国 I 卷高考作文,原题要求如下:

写作(60 分)

阅读下面的漫画材料,根据要求写一篇不少于 800 字的文章。

少年当自强

《周易》曰："天行健,君子以自强不息。"意思是君子效法上天刚健、运转不息之象,从而自强不息,进德修业,永不停止。中国作为四大文明古国中唯一一个文明传承未曾被中断的古国,有着悠悠历史传承,有着代代人才辈出,纵有千古,横有八荒。国家强大,贵在人才,人才济济,根在少年,梁启超也曾在《少年中国说》中说道:"……故今日之责任,不在他人,而全在我少年。少年智则国智,少年富则国富,少年强则国强……"是故,少年当自强。

自古英雄出少年,从古至今,多少有志少年怀揣着鸿鹄之志,雄才大略,从而成就一段段历史佳话。战国时代,12岁的甘罗向秦始皇毛遂自荐,出使赵国,舌战群儒,赢得赵王尊敬,完成使命,满载而归。岳家军中的骁勇少年岳云,15岁时在牛头山上砸掉"免战牌",上阵杀敌,挥舞银锤,大战金兵,获得全胜,从此他跟从父亲岳飞转战疆场,为国家立下了赫赫战功。他们是勇敢而自强的少年。"孩儿立志出乡关,学不成名誓不还。埋骨何须桑梓地,人生无处不青山。"伟大领袖毛泽东17岁时作诗《七绝·改诗赠父亲》,他胸怀天下,志在四方,一生丰功伟绩,带领全中国人民从此站起来了。还有勤奋自学成大器的数学家华罗庚,胸中志向在"胸外"的胸腔外科学专家黄家驷,22岁荣登年度十大科学家之首的天才少年曹原……因为这些自强不息的少年,国家因此而改变,世界因此而改变,人类健康及命运因此而改变。

日月如梭,岁月如流,我们不能忘却历史,因它承载了昔日华夏民族的繁荣昌盛与悲烈沉痛,但当我们放眼今朝,先辈们流血流汗的牺牲、一代代人艰苦卓绝的奋斗换来了锦绣鹏程的崭新中国。今日的中国,经济、军事、科技、文化各个领域迅速崛起,成为全球的核心力量之一。中国高铁世界第一,天堑变通途,全人类都感慨"中国速度",支付宝和网购快捷方便,发展迅速。文化哲学源远流长,"半部《论语》治天下"的经典国学让无数外国人为之着迷。

正如电影《芳华》的一篇影评所说:"中国最能吃苦的一代人已经老了"——为我们打下大好江山,创造今日之美好生活的前辈们渐渐老了,我们如何担起肩上的责任?如何更好地强大和发展我们的祖国?如何造福祖国的子孙后代?这是正值青春年少的我们要思考、探索和为之奋斗的问题。

毛主席曾挥毫"数风流人物,还看今朝"的壮语激励着无数少年,是的,青春年少的我们应勇担今日之责任,谱写时代之辉煌!我们要为祖国的蓬勃发展,华夏儿女的世代繁荣而立志学习,为实现我们民族复兴的伟大中国梦而发愤图强,为推动构建人类命运共同体而坚持不懈,为人类共同的明天而进德修业,自强不息!

前途似锦,来日方长! 中华儿女,少年当自强!

备注:本篇作文取材于 2017 年新课标全国 II 卷高考作文,原题要求如下:

阅读下面的材料,根据要求写作。(60 分)

① 天行健,君子以自强不息。(《周易》)

② 露从今夜白,月是故乡明。(杜甫)

③ 何须浅碧深红色,自是花中第一流。(李清照)

④ 受光于庭户见一堂,受光于天下照四方。(魏源)

⑤ 必须敢于正视,这才可望敢想,敢说,敢做,敢当。(鲁迅)

⑥ 数风流人物,还看今朝。(毛泽东)

中国文化博大精深,无数名句化育后世。读了上面六句,你有怎样的感触与思考?请以其中两三句为基础确定立意,并合理引用,写一篇文章。要求自选角度,明确文体,自拟标题;不要套作,不得抄袭;不少于800字。

便只顾风雨兼程

2035 年的少年：

　　展信佳！

　　时光荏苒,白驹过隙。像作为"世纪宝宝"且如今正端坐在高考考场上的我一样,彼时的你们,也正值十八岁的美好年华。那么,你们可曾像我一样想过,十八岁意味着什么呢?我认为,是该踏上征途,风雨兼程。

　　在此写下三点提醒,献给我的十八岁,也送给你们的十八岁。

一、请记住悲痛伤痕。泱泱华夏五千年，多少兴衰更替，多少坎坷动荡？山河犹在，国泰民安，这盛世，如你所愿的曾经，是饱经风霜、悲痛和伤痕的过往。1860 年的火烧圆明园，那场 3 天 3 夜的大火连烧是世界文明史上罕见的暴行；妖艳如罂粟的背后，有一张张吸毒成瘾、憔悴骇人的面容，有一具具骨瘦嶙峋的躯壳，从"东亚病夫"的侮辱到鸦片战争的胜利、中华民族的崛起，是多么曲折、辛酸而顽强的奋斗过程；惨绝人寰的南京大屠杀令无数家庭支离破碎……这些伤痕悲痛，这些血泪历史，我们又怎能忘记？铭记历史才能砥砺前行。

二、请明晰浩瀚征途。五星红旗迎风而起，恰似星星之火燎原之大势，一句"中国人民从此站起来了"响彻华夏大地；地图上的大圈凝聚深思熟虑，"深圳速度"震撼八方四海；声嘶力竭的呐喊来自内心的雀跃，北京奥运会取得了举世瞩目的成功；南太平洋中部有人造天体滑落的痕迹，天宫一号已出色完成历史使命，回归母亲大地；涌进 2020 年全面建成小康社会的激流，攀登 2035 年基本实现社会主义现代化的高峰……前辈们从不局限在过往，从不畏惧于未来，他们逆流而战，成就有锋芒耀眼，征途是大海星辰！

三、便只顾风雨兼程。"村村通"的公路绝非纸上谈兵，精准扶贫的落实绝非只言片语，青蒿素的发现绝非天赐机缘。多少孜孜不倦，多少夙兴夜寐，多少厚积薄发，铸就不凡一生。曾一度占据中国首富榜的马云曾说："鸡叫了天会亮，鸡不叫天还是会亮。问题是天亮了，谁醒了？"现在，我说："伞带了雨一直下，伞没带风也一直刮。关键是雨打风吹，谁还在路上？"没有不顾一切、砥砺前行的决心，怎能收获最闪耀的星辰？一分耕耘，不一定有一分收获，可十分耕耘，百分耕耘呢？展望今日的中国，正是不懈奋斗带来的宏图伟业。不留恋过往，不踌躇前行，不要等到人生落幕才遗憾——再加把劲，其实我本可以！

既然征途是星辰大海，便只顾风雨兼程。一代人有一代人的际遇和机缘、使命和挑战，我们这一代有幸与新世纪的中国一路同行、成长，和中国的新时代一起追梦、圆梦，而彼时的你们更有新的际遇和机缘、使命和挑战。让我们披荆斩棘，勇往直前，胸怀天下苍生，共护壮丽山河！

祝好！

十八岁湖南考生

20＊＊年＊月＊日

备注：本篇作文取材于 2018 年新课标全国Ⅰ卷高考作文：写给未来 2035 年的那个他。原题要求如下：

阅读下面的材料，根据要求写作。

2000 年农历庚辰龙年，人类迈进新千年，中国千万"世纪宝宝"出生。

2008 年汶川大地震。北京奥运会。

2013 年"天宫一号"首次太空授课。

公路"村村通"接近完成；"精准扶贫"开始推动。

2017 年网民规模达 7.72 亿，互联网普及率超全球平均水平。

2018 年"世纪宝宝"一代长大成人。

……

2020 年全面建成小康社会。

2035 年基本实现社会主义现代化。

一代人有一代人的际遇和机缘、使命和挑战。你们与新世纪的中国一路同行、成长，和中国的新时代一起追梦、圆梦。以上材料触发了你怎样的联想和思考？请据此写一篇文章，想象它装进"时光瓶"留待 2035 年开启，给那时 18 岁的一代人阅读。

要求：选好角度，确定立意，明确文体，自拟标题，不要套作，不得抄袭，不得泄露个人信息；不少于 800 字。

富贵本无根,尽从勤里得

————

复兴中学的全体同学们:

大家好!

今天我演讲的题目是"富贵本无根,尽从勤里得"。

众所周知,劳动自古以来就是中华民族的传统美德,"昼出耘田夜绩麻,村庄儿女各当家"的诗句我们信手拈来,"民生在勤,勤则不匮"的警句我们出口成诵。"夙兴夜寐,洒扫庭内",千百年来,我们的祖先在年年月月的劳动中,将中华文明传承和发扬;热爱劳动是中华民族的优秀传统,绵延至今。

任岁月时过境迁,科技发展日新月异,然而坚持劳动仍然是持之有故、百世不易的事情。

有人认为,劳动会占据大量学习的时间。其实不然,在"德智体美劳全面发展"的号召响应下,劳动本就是我们必要的学习内容。古语有言:"一屋不扫,何以扫天下?"不愿意付出劳动的人又怎么指望他将来能为社会做出巨大贡献呢?学,就让我们从劳动学起。再者,劳动就只意味着清扫大街吗?大到如时传祥"宁肯一人脏,换来万户净",小到如收拾好自己的房间,不都是劳动吗?劳动就在生活的点点滴滴中,只有想做,才能做到。

有人认为,可以将劳动交给别人或者人工智能。其实不然,劳动消耗体力的同时,也在磨砺我们的心性。"天将降大任于斯人也,必先苦其心志,劳其筋骨。"在劳动中,耐心、宁静、吃苦……那些得大任者所具备的品质,渐渐深入人性,成为我们自己的品格,所以劳动,应该是一个身体力行的过程。再者,我们需要明白,人工智能旨在帮助人类,而并不是用来取代人类的。倘若将劳动全权交给人工智能,懒惰散漫将蔓延于社会之间,文化美德将流逝于机器之际,这绝不是我们想看到的。

同学们,风风雨雨 70 年,从中华人民共和国成立发展到如今这般繁荣昌盛,不就是以千千万万的劳动者的砥砺前行作为强大支撑吗?如果不是科学工作者夙兴夜寐、勤勤恳恳的劳动,怎会有"新世界七大奇迹"之一的港珠澳大桥矗立海面?怎会有嫦娥四号实现月背首次软着陆?正是有无可计数的勤奋的中国人用劳动和汗水实现了自身的幸福与祖国的富强。正如习近平主席所说:"幸福不会从天降,美好生活靠劳动创造。"我们需明白,富贵本无根,尽从勤里得。

最后,我还想请大家回忆一下:你可曾不以为意而草草对待学校的大扫除? 你可曾真正做到力所能及地帮父母分担家务? 你可曾对上学路上遇到的清洁工露出嫌恶之态? 同学们,劳动不分大小,劳动无论贵贱,劳动需要尊重,劳动需要行动。

从今往后,让我们秉承"富贵本无根,尽从勤里得"的信念,将"热爱劳动,从我做起"进行到底!

我的演讲完毕,谢谢大家!

备注:本篇作文取材于 2019 年高考作文全国卷Ⅰ。原题要求如下:阅读下面的材料,根据要求写作。

"民生在勤,勤则不匮",劳动是财富的源泉,也是幸福的源泉。"夙兴夜寐,洒扫庭内",热爱劳动是中华民族的优秀传统,绵延至今。可是现实生活中,也有一些同学不理解劳动,不愿意劳动。有的说:"我们学习这么忙,劳动太占时间了!"有的说:"科技进步这么快,劳动的事,以后可以交给人工智能啊!"也有的说:"劳动这么苦,这么累,干吗非得自己干?花点钱让别人去做好了!"此外,我们身边也还有着一些不尊重劳动的现象。

这引起了人们的深思。

请结合材料内容,面向本校(统称"复兴中学")同学写一篇演讲稿,倡议大家"热爱劳动,从我做起",体现你的认识与思考,并提出希望与建议。要求:自拟标题,自选角度,确定立意;不要套作,不得抄袭;不得泄露个人信息;不少于 800 字。

附 >>>>>

主要获奖

小学、中学阶段多次被评为"优秀学生""三好学生"。

多次获得一等奖奖学金。

小学获奖

多次在学校作文报《成长足迹》上发表优秀文章，被评为"作文新星"。

多次参加学校手抄报比赛获奖。

多次参加校运会，跳绳、仰卧起坐、跑步等获奖。

2013 年参加东莞市"2013 理查德·克莱德曼钢琴演奏会快乐钢琴手选拔赛"。

2014 年在广东省教育厅举办的"广东省中小学第七届暑假读一本好书"活动中荣获二等奖。

2015 年获东莞市阳光五小"2015 届优秀毕业生"荣誉。

中学获奖

2016 年"祁东县拓维麓山妙笔杯"中学生作文比赛初中组一等奖。

2017 年"全国中小学生新课程英语语言能力竞赛"七年级组一等奖。

2017 年育贤中学"第二十届体育节"初三年级女子仰卧起坐比赛第

二名、跳绳比赛第一名。

2018 年第四届衡阳市青少年机器人竞赛获得团队优胜奖。

2018 年"第十五届全国中小学生创新作文大赛（初赛）"一等奖。

2018 年"第十五届全国中小学生创新作文大赛（复赛）"一等奖。

2018 年全国中学生英语能力竞赛(NEPCS)高一年级组湖南省级二等奖。

2019 年在"祁东县 2019 年庆祝'建国 70 周年 爱我祁东'作文大赛"中荣获中学组一等奖。

《陌上花开，诗意朝阳》一书中已发表或获奖的文章

《读〈名人传〉有感》2016 年 12 月获祁东县"拓维麓山妙笔杯"中学生作文比赛初中组一等奖。

《自然的心声》在"第 28 届叶圣陶杯全国中小学生作文大赛"初赛中，获入围全国总决赛资格作品。

《明天以后》2018 年 3 月获"第十五届全国中小学生创新作文大赛"初赛一等奖。

《寒门再难，也能出贵子》2018 年 10 月获"第十五届全国中小学生创新作文大赛"复赛一等奖。

《陌上花开，诗意朝阳》发表于《衡阳晚报》2019 年 10 月 31 日刊。

《拂不去的鼎山情怀》获 2019 年"庆祝建国 70 周年爱我祁东"作文大赛中学组一等奖，并收编入《庆祝建国 70 周年"爱我衡阳"——湖南省第十三届书信大赛衡阳赛区优秀作品选登》书集。

《人生是什么样子——〈哈佛家训〉书评》发表在《大学·阅读独唱团》2019 年 12 月号刊，并荣获"《大学·阅读独唱团》2019 年度优秀文章"。

《和妈妈一起睡》入选并刊出在 2020 年《作文大典·高中生满分作文大全》一书中。